KB167624

멍젤라, 블로그로 셀럽되다

멍젤라, 블로그로 셀럽되다

2018년 6월 10일 1판 1쇄

지은이 박가연
펴낸이 정병철
펴낸곳 도서출판 휴먼하우스

등록 2004년 12월 17일 (제313-2004-000289호)
주소 서울시 마포구 토정로 222 한국출판콘텐츠센터 420호
전화 02) 324-4578
팩스 02) 324-4560
이메일 humanpub@hanmail.net
블로그 blog.naver.com/humanhouse

박가연 ⓒ 2018

ISBN 979-11-85455-12-9 03810

이 도서의 국립중앙도서관 출판시도서목록(CIP)은 서지정보유통지원시스템 홈페이지
(http://seoji.nl.go.kr)와 국가자료공동목록시스템(http://www.nl.go.kr/kolisnet)에
서 이용하실 수 있습니다. (CIP제어번호: CIP2018015379)

나는 블로그로
인 생 이
바 뀌 었 다

멍셀라 블로그로 셀럽되다

박가연 지음

휴먼하우스

마약 같은 여자, 멍젤라!

부모님이 지어주신 박가연이라는 이름보다 지금은 더 많이 불리고 있는 이름이다.

내 삶에 큰 영향을 준 블로그라는 세계! 그곳을 알게 되고 블로그가 취미이자 특기가 된 어느 순간부터인가 나는 이날을 꿈꿔왔다. 내가 잘하는 것으로 누군가에게 도움을 줄 수 있는 이 순간을.

멍젤라는 8년 동안 블로그를 운영하면서 폭삭 망해도 보았고, 다시 그것을 최적화도 시켜 보았다. 네이버 메인에 내 글이 뜨고 잡지와 방송에 블로그가 소개되는 감동의 순간도 맛보았다.

꿈을 위해 무작정 상경하여 시작한 서울 생활. 연고 하나 없는 그곳에서 나의 유일한 소통 창구는 블로그였다. 그렇게 시작한 블로그는 수많은 시행착오를 겪고 몇 번의 이사를 한 끝에 나의 안락한 보금자리가 되었다.

　이제 그 모든 이야기, '마약 같은 여자, 멍젤라'의 블로그 이야기를 여러분께 들려주고자 한다.

　블로그를 운영하면서 즐거운 일만 있었던 것은 아니다. 울기도 많이 했고, 지치기도 했으며, 심지어 경찰서도 방문해볼 만큼 우여곡절도 많았다. 누군가가 방법을 조금만 알려주었더라면 그렇게까지 어렵진 않았을 텐데⋯. (누가 좀 도와주지 그랬어요 ㅠ_ㅠ 흑흑)

　그래서 그 시절의 나처럼 블로그에 입문하는 사람들에게 멘토가 되고자 이 책을 쓰게 되었다.

　아무것도 모르지만 집에서의 유일한 벗은 컴퓨터인 당신에게, 가게를 운영하는데 홍보 방법을 몰라 난감해하는 당신에게, 나의 블로그 제자가 될 그 누군가에게 나의 이야기와 경험을 이 책을 통해 선물하고 싶다.

이 책은 나의 블로그 경험담이 녹아 있는 글이다. 에세이를 읽듯이 멍젤라의 이야기를 읽다 보면 블로그의 매력에 푹 빠지게 될 것이다. 그리고 멍젤라처럼 블로그를 잘할 수 있다는 자신감이 생기게 될 것이다.

모두가 즐겁고 행복한 블로그 속 일상을 꿈꾸며… 오늘의 멍젤라를 있게 한 나의 모든 블로그 이웃들에게 감사의 마음을 전한다.

멍젤라 박가연
blog.naver.com/lastkycool

01 멍젤라,
블로그
유랑의 길을
떠나다

_____ 블로그에 대해 아무것도 모르던 그때, 새로운 공간에서 나를 알린다는 것은 무척 어려운 일이었다. 블로그를 생성하고 첫 글을 쓰는 순간까지 '아, 하지 말까, 그냥 싸이월드나 할 걸 괜히 시작했네'라는 생각을 몇 번이나 했다.

지금은 커피를 마시고 밥을 먹는 것처럼 블로그가 나에겐 일상이 되었지만 처음 시작하던 그때에는 정말이지 하루하루가 힘들었다. "어떻게 하면 글을 재미있게 쓸 수 있을까?", "사진은 또 어떻게 올려야 하는 거야?" 하면서 노트북 앞에서 끙끙 앓던 시절이었다.

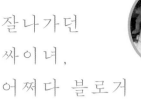

잘나가던
싸이녀,
_____ 어쩌다 블로거

2010년 어느 날, 나는 뮤지컬을 하기 위해 창원에서 인천으로 올라갔다. 단돈 70만 원과 컴퓨터, 옷가지 몇 벌만 들고 무작정 연고 하나 없는 일명 '윗지방' 생활을 시작한 것이다. 극단이 있는 서울에 자리를 잡아야 했지만 집값이 너무 비싸 지하철로 출퇴근을 할 수 있는 인천에 방을 얻었다.

그렇게 서울과 인천을 오가며 몇 개월의 시간을 보낸 후, 뮤지컬 계약도 끝나고 나는 자취방에 덩그러니 남아 천장만 바라보는 백수가 되었다.

아는 사람 하나 없는 타지에서 굶어 죽지 않기 위해서는 취직을 해야 했다. 그래서 어릴 적 H.O.T.의 팬클럽을 운영하면서 어쭙잖게 혼자서 배운 포토샵을 무기로 작은

멍젤라 (저자)가 출연한 뮤지컬 〈래퍼스 파라다이스 시즌 5〉

쇼핑몰 회사에 취직했다. 하지만 여직원 하나 없는 그곳에서 나는 여전히 외톨이었다. 여자사람친구가 무척 그리웠고 화장품 하나만 사더라도 까르르거리며 웃고 떠들던 고향 친구들이 보고팠다. 집으로 내려갈까를 수없이 고민했지만 그랬다간 두 번 다시 서울 생활을 못 할 것 같았다.

아~ 외롭다! 혼자서 생활한다는 것은 정말 외롭고 쓸쓸해! 이럴 때 인형 뽑기 하듯 친구 하나를 집어 들고 떡하니 내 앞에 내려놓을 수 있다면 얼마나 좋을까?

나는 내 외로움을 달래줄 친구가 절실히 필요했다. 당시 국내에서는 인터넷상의 가상공간인 싸이월드(CyWORLD)가 엄청난 인기를 끌고 있었다. 나는 나름 그 세계에서 주목받던 여자였다.

멍젤라의 마약 같은 매력은 그때도 통했나 보다. 하하하! 내 미니홈피는 싸이월드 메인의 '투데이멤버'라는 코너에 두 차례나 소개되었고, 나는 하루에도 몇백 명의 방

싸이월드 투데이멤버에 소개된 저자의 미니홈피

문자가 찾는 나름 인기 있는 싸이녀였다. 당시 인터넷 가
상공간은 1997년에 미국에서 처음 등장한 블로그가 국내
에서도 유행하고 있었다. 하지만 나는 미니홈피에 맛 들여
있었기에 블로그에 관심이 1도 없었다. 그러다가 문득 사
진이 작게 올라가고 그 사진에 대해서 코멘트를 달려면 한
장씩만 올려야 하는 미니홈피의 구조가 답답하게 느껴졌
다. 여행을 가거나 쇼핑을 할 때면 사진을 몇 장씩이나 찍
고, 그때마다 느꼈던 감정이나 하고 싶은 이야기는 가득한
데, 겨우 사진 한 장에 코멘트를 쭉 한꺼번에 적어야 하는
것이 불만이었다.

　　그때 불현듯 포털사이트 네이버(Naver)가 떠올랐다.

　　"아! 내가 왜 이걸 몰랐지?"

모든 것이 낯설기만 한 인천에서 살아남기 위해서는 모든 것을 네이버에 물어봐야 했다. 인천 맛집, 인천 데이트, 인천 가볼 만한 곳을 검색하면서 사람들이 올린 글들과 후기를 보면서 나는 그들을 따라다니면서 생활하고 있음을 깨달았다. "그래 바로 이거야!"

그렇게 시작한 블로그였다. 기왕이면 많은 사람들이 내 글을 봐주고 함께 이야기하고 소통하고 싶었다. 싸이월드의 한계를 느껴 시작한 블로그라는 세계, 그곳에 발 디딘지 8년이 흘렀다.

지금은 컴퓨터 앞에 앉으면 너무나도 자연스럽게 카메라의 사진을 옮기고, 편집을 하고, 글도 술술 써지는 블로거의 일상이지만 당시는 정말 웃음이 날 정도로 엉망진창이었다. 그때의 이야기들을 남겨뒀으면 좋았을 텐데 두 번이나 블로그 이사를 하면서 그 추억들은 모두 사라졌다. 그 시절의 블로그가 남아 있다면 초보 블로그에게 좋은 교육 자료가 될 텐데 아쉽기만 하다. 글 하나를 쓰는 데 몇 시간이 걸리고, 사진 찍는 법을 몰라서 초점 흐린 사진을 올리던 그때, 그렇게 어설프게 운영했던 그 블로그가 지금은 그립기도 하다.

언젠가 주변 블로거들에게 "너한테 블로그는 뭐냐?"라고 물어본 적이 있는데 한 친구가 "언니, 여긴 진짜 내 인생이에요"라고 했다. 당시에는 '아니 그냥 글 좀 쓰고 사진 올리고 하는 곳이 무슨 인생까지나…' 하면서 그 친구를 이상하게 생각했다.

그 질문을 나에게도 해보니, 몇 년 전까지만 해도 나의 대답은 '일기 쓰는 곳', '새로운 사람을 만나는 곳'이었다. 나는 블로그에 인천 생활기, 하루의 일과, 만들어 먹은 음식, 새로 산 옷걸이와 이불 따위를 올리면서 하루를 기록하는 곳으로 블로그를 운영하고 있었다.

그렇게 시작한 블로그에 조금씩 글들이 많아지면서 인천 지역에 사는 블로거들과 소통이 시작되었다. 댓글 주고받기를 하면서 이웃들의 아이디가 눈에 익기 시작했고, 나 역시 그들의 블로그를 방문하여 글을 읽어보고 까르르 거리며 글과 관련된 이야기들로 댓글을 주고받았다. 그렇게 하면서 새로운 세계에서 나와 이야기할 친구들을 찾게 되었다. 그렇게 당시에는 '일상을 기록하고 친구를 사귀는 곳'으로 1차원적인 블로그 활동을 했다. 그냥 마음대로 내가 올리고 싶은 이야기들만 올릴 수 있었던 시기였다.

하지만 8여 년이 지난 지금, 누군가가 블로그에 대해 물으면 나는 이렇게 말한다.

"이곳은 박가연이란 사람보다 훨씬 더 매력적인 '멍젤라'라는 여자의 인생 포트폴리오다."

이 말에 나를 블로그에 미친 여자라고 생각하는 사람도 있을지 모르겠다. 푸하하, 나도 예전에 블로그가 자신의 인생이라고 말하던 그 사람 앞에서 "아, 말도 안 돼"라며 깔깔거렸으니까.

블로그는 나에게 힘들었던 타지 생활을 견디게 해준 고마운 친구이자 외로움을 견디는 힘이었고, 사람들과 소통하고 인맥을 쌓아가는 소중한 공간이었다. 그리고 무엇보다 혼자서도 무엇인가를 할 수 있다는 용기를 준 곳이었다. 같은 지역에 사는 같은 취미를 가진 사람들과 소통하고, 실제로 오프라인에서도 만나면서 나는 엄청난 인맥을 가진 인맥 부자가 되었다. 대한민국 구석구석의 지역 소식을 하루에 나보다 많이 받아보는 사람은 없을 것이다. 블로그는 매일 나에게 전 세계를 여행시켜주고, 맛집 투어를 해주고, 예쁜 아기들의 재롱과 귀여운 강아지, 고양이들의 성장 소식도 들려주고, 남들 결혼 생활, 연애 생활, 알콩달콩한 일상생활을 들려준다.

새로운 무언가를 시작한다는 건 매력적인 일이다. 할 수 있는 일이 있다는 것 자체만으로도 인생은 멋진 것이다. 더구나 남들이 하기 어려워 하는 것을 한다는 것은 가슴 뿌듯한 기분까지 들게 한다.

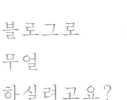
블로그로
무얼
_____ 하실려고요?

　　블로그를 하다 보면 많은 사람들을 만나게 된다. 여행 일기를 쓰는 사람, 아기의 성장을 기록하는 엄마, 영화 감상을 쓰는 사람, 일기처럼 자신의 일상을 기록하는 사람 등등 그 사람마다의 블로그를 가보면 그들이 무엇을 위해 블로그를 하는지를 알 수 있다.

　　나는 처음에 외로워서, 나의 자취 생활을 이야기하고 싶어서 블로그를 시작했다. 자취 생활 이야기를 올리기 시작하면서 주변에 자취를 하는 사람들이 많다는 사실을 알게 되었다. 자취 생활에 필요한 생활용품에 관한 사용 후기를 올렸더니 자취생들이나 주부 등 여러 사람들로부터 "나도 써보니 좋더라", "이것 필요한데 어디서 살 수 있느냐" 등의 댓글 반응이 올라왔다. 이러한 반응들이 너무나 재미있었고 나의 자취 생활도 조금씩 활력을 찾게 되었다. 블로그를 통해 나는 자취 생활의 외로움을 달랠 수 있었고 인천 생활을 무사히 마치고 창원으로 돌아올 수 있었다.

지금은 창원에서 가족과 함께 지내기 때문에 나의 블로그에는 자취에 관한 것은 찾아볼 수 없다. 대신 나의 일상과 창원의 이야기, 그리고 내 또래가 겪는 고민들, 국내외 여행 이야기들로 수북하다. 그야말로 블로그에 지금의 내 인생이 다 녹아 있다.

미용실 디자이너로 일하는 가장 친한 친구 지혜의 이야기이다. 친구가 일하는 미용실은 창원에서도 *끄트머리*, 거의 함안과 가까운 마산 내서라는 곳에 있다. 친구들 사이에서 내서는 '내서아일랜드'라고 불릴 만큼 외진 곳이었다. 친구에게 머리를 하러 가고 싶었지만 세상 멀어서 '꽝! 다음 기회에'를 외치고만 있다가 그래도 친구가 디자이너로 있는데 홍보를 해주고 싶어서 얼마 전 큰맘 먹고 찾아갔다. 그리고 미용실 사진과 염색 후기를 블로그에 올렸다. 그랬더니 나의 글을 보고 찾아오는 손님이 의외로 많았다고 한다.

친구가 일하는 미용실은 디자이너가 일하는 건수에 따라 월급을 받는 체인 미용실이었다. 그만큼 지혜가 일을 많이 해야 월급을 많이 받을 수 있는데 내 블로그에 홍보하는 것만으로는 부족했다. 그래서 지혜를 직접 블로거로 만들기로 하고 나의 노하우를 지혜에게 알려주기로 했다. 블로그 글 쓰는 법을 알려주면서 "너는 글만 올려. 그 외에 모든 건 내가 다 알아서 해줄게"라고 하면서 블로그를 만들고 꾸며주었다. 귀찮기도 하고 어렵기도 했을 텐데 지혜는 메신저로 물어봐 가며 글을 꾸준히 올리기 시작했다. 물론 지금까지도 꾸준하다. 지혜는 나와 함께 야구장에 다니는 친구로도 유명한데 야구장에 가서도 "아! 나 오늘 블로그 글 못 썼어!"라고 하며 오히려 나보다 더 열정적인 블로거가 되었다. 지금은 '마산 내서미용실'을 검색하면 글이 몇 개씩 눈에 띄게 될 만큼 그녀의 블로그는 최적화가 되었다. 꾸준히 손님의 머리에 관한 비포 애프터를 올리고, 사진과 함께 시술에 대한 이야기를 솔직하게 올리는 것이 사람들의 마음을 끌게 된 것이다. 물론 블로그 글을 보고 찾아오는 손님도 많아졌다고 한다.

이렇게 나의 첫 제자가 탄생했다. 1호 제자님이 꾸준히 해주고 있어 기분이 매우 좋다. 이제 지혜에게는 그 어떤 스승도 필요 없다. 지혜가 쓰는 시술기는 그녀만의 비법이 녹아 있어서 나도 감히 따라 하지 못하는 스킬을 발휘하고 있다. 이 친구는 집에 컴퓨터가 없기 때문에 스마

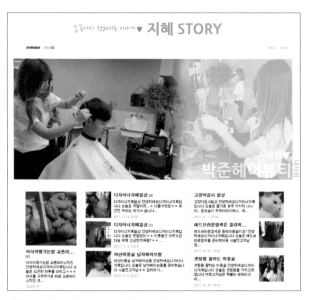

지혜 STORY 블로그 (blog.naver.com/chleotjd30)

트폰으로 블로그를 운영하고 있는데, 그것 역시 대단한 것 같다. 나는 내 친구 지혜가 마산 내서 미용실 중에서 TOP 미용사가 되었다고 감히 의심치 않는다.

지혜는 자신의 장점을 브랜드화했다. 지혜의 글은 돈을 주고 블로거들한테 맡기는 광고성 글과는 분명 차별이 있다. 자신이 직접 헤어디자이너로 일하면서 겪는 일상을 솔직하게 담아내는 진실성이 지혜의 블로그에는 있기 때문이다.

내 블로그에는 심심찮게 "저는 젤라 씨처럼 글을 재미있게 쓸 수 없어서 블로그 못 하겠어요", "바빠서 블로그할 시간이 없는데 부지런하시네요"라는 댓글이 보인다.

그러면 나는 그 밑에 조용히 이런 대댓글을 단다.

"블로그로 무얼 하실려고요?"

무엇을 할 것인가가 정해지면 어떻게 할 것인가도 정해진다. 어떤 사람은 자신의 일상을 담고 싶다고 말하고 어떤 사람은 가게를 홍보하고 싶다고 말한다.

나는 글재주가 뛰어난 사람도 아니었고, 사진작가도 아니었으며, 특수한 업종에 종사하는 사람도 아니었다. 그냥 인천에서 자취하며 회사 다니는 20대 여자였을 뿐이다. 그런 내 일상을 올리면서 블로그를 시작했다. 지금은 많은 사람들이 방문해주고 댓글도 달아주고 덕분에 유명한 블로거가 되었지만, 사실 그냥 평범한 사람일 뿐이다. 블로그는 연예인이나 특별한 사람이 아니더라도, 자신의 이야기를 소탈하게 할 수 있으면 누구나 할 수 있다.

나는 육아에 지쳐 있는 엄마들에게 블로그를 꼭 권해주고 싶다. 하루 종일 집에서 아이와 씨름하고, 말 한마디나눌 사람 없이 남편이 퇴근하기만을 기다리는 전업주부로서의 삶. 자아 정체성은 모호해지고 계속해서 육아 스트레스가 쌓이다 보면 우울증이 찾아오기도 한다. 우울증은 자신만이 극복할 수 있는 마음의 병이다. 이럴 때는 누군가와 이야기를 하여야 한다. 블로그를 통해 자신의 이야기를 털어놓으면 생활에 활력을 찾을 수 있고, 우울증 극복에 많은 도움이 된다. 자신과 같은 경험을 하고 있는 사람들과 블로그를 통해 서로 이야기하고 조언도 받으면서 외부 세계와 소통할 수 있다. 또한 블로그는 아이가 성장했을 때 보여줄 수 있는 멋진 엄마의 육아 일기장이 되어 줄 것이다.

나의 멘토인 이은대 작가님이 이런 말을 한 적이 있다.

"남들 모두에게 좋은 평가를 받으려고 하지 마라. 단 한 사람의 마음을 움직이고 감동을 줄 수 있으면 그것 때문에 글을 쓸 수 있다."

어쩌면 글 쓰는 사람들한테는 당연한 이야기겠지만, 이 말이 블로거들한테도 의미심장하게 다가온다. 자신의 이야기와 감정을 글에 담으면서 "이렇게 쓰면 나를 이렇게 생각할 거야", "이렇게 하면 이렇게 생각하지 않을까?"라는 걱정은 하지 마라. 그냥 힘든 삶, 즐거운 삶, 재밌는 삶, 슬픈 삶 그 모든 것을 솔직하게 담아낸다면 사람들은 여러분의 글에 공감하고 소통할 것이다.

블로그를 자신의 회사나 가게를 홍보하기 위해서 시

작하는 사람도 있을 것이다. 광고성 블로그가 꼭 나쁜 것은 아니지만, 자신을 홍보하기 위한 공간이라 하더라도 가장 먼저 생각해야 할 것이 사람들 간의 소통이다. 홍보만을 목적으로 죽어라 자신의 회사 이야기와 가게 광고만 하고 앉았다면 소통은 불가능하다. 아무도 여러분의 글을 재밌다고 생각하지 않을 것이며, 백이면 백 모두 광고글이라고 등을 돌릴 것이다.

이런 광고를 위한 글에도 진심이 담겨 있어야 한다. 지역이나 관심사가 다르더라도 소통을 할 수 있는 방법은 무지하게 많다. "가게 오픈! 9월 말까지 30% 세일"이라는 글을 쓰는 것보다는 가게를 오픈하기까지의 과정과 에피소드, 가게에서 파는 빵이 구워지는 과정, 메뉴가 구성되는 이야기 등등 정말 사장으로서 느끼고 겪어야만 아는 이야기들을 올린다면 홍보성 글이라는 거부감 없이 자연스럽게 가게를 홍보할 수 있다. 블로그를 광고의 수단으로 운영하는 데는 비록 한계가 있지만, 이렇게 진정성 있는 글을 쓰고 소통한다면 블로그는 훌륭한 홍보의 수단이 될 수 있을 것이다.

그렇게 나는
무작정
_____ 시작했다

아이디 생성하기 _____ 블로그, 뭐
부터 해야 하지? 뭐부터 하긴, 포털사이트 아이디부터 만
들어야지. 그래서 만날 검색만 하던 네이버에서 아이디를
만들게 되었고, 그렇게 블로그 카테고리를 클릭해서 들어
갔다. 블로그에 들어가게 되면 첫 화면부터가 사람을 두근
거리게 한다.

닉네임과 블로그 이름을 정해달라는 것! 그리고 첫
글을 써보자고 권유를 해온다. 무슨 글을 써야 할지 고민
될까 봐 그러는지 블로그를 생성하면 팝업창은 친절하게
도 주제를 던져주신다.

아, 팝업창부터가 나를 떨리게 하다니… 뭐든 처음에
는 설정해야 하는 것이 많다. 텅텅구리 빈 나의 블로그가

어쨌든 생성이 되었다. 하하하하! 근데 이거 진짜 설정해야 하는 것이 많은데 어쩌면 좋은 거야… 에라 모르겠다!

그렇게 나는 무작정 시작을 했다.

닉네임과 제목 정하기 _____ 블로그를 시작할 때는 진짜 고민할 것들이 많다. 그중 가장 먼저 고민해야 할 것이 블로그 제목이다. 닉네임으로 불리는 블로그 제목은 자신을 표현하는 가장 중요한 수단이다. 아기가 태어났을 때 심사숙고하여 이름을 짓듯이 블로그 닉네임도 신중을 기해 며칠을 고민해도 된다.

나는 그 당시 아무것도 모르고 만날 천 날 내 이름 앞에 붙이고 다녔던 '천하무적가연'을 고민도 없이 정했다. 푸하하! 지금 봐도 오글거린다. 당시 친구들이 그 이름이 가장 잘 어울린다고 해서 그랬는데 그게 참 유치한 닉네임이 될 줄이야. '천하무적님', '가연님'이라고 불렸던 그때는 이상한지도 몰랐지만 지금의 '멍젤라'라는 세련된 닉네임을 가지고 나서부터는 참 오글거리는 닉네임이 아닐 수 없다는 것을 깨달았다.

사실 '천하무적가연'을 쓰다가 오글거림을 느끼고 바꾼 닉네임이 '박젤라'였다. 나의 성인 '박' 뒤에 '젤라'를 붙였다. 근데 젤라가 뭔지 궁금해하는 사람들이 아직도 많이 있다. 안젤라 베이비라는 모델의 사진을 본 적이 있는데 아무 생각 없이 안젤라 베이비가 진짜 너~~~무 이뻐 가지고 두 번 생각할 것도 없이 '오! 이쁜 여자니까 나도 이 닉네임을 쓰면 이뻐질 거야'라고 생각하고 지었다. 그래서 네이버 검색창에서 그 닉네임을 쓰는 사람이 있는지 검색해 보았다. 내가 닉네임을 지을 당시 '젤라'라는 닉네임을 쓰는 사람은 없었지만 두 개의 블로그 글이 검색되었다. 자신의 인형에게 이름 지어준 '젤라'에 관한 이야기를 쓴 블로그 글이었다. 어쨌든 중복되는 사람은 없으니까 고민 없이 '박젤라'라고 이름을 지었다. 그러다가 그 블로그가 저세상으로 가시고(일명 저품질) 현재의 '멍젤라'가 되었다. 이 것 역시 아무 생각 없이 '멍'이라는 귀여운 단어를 붙인 것뿐이지만 내가 지어낸 나만의 닉네임, 나만을 지칭하는 고유명사가 되었다. 그 누구도 멍젤라가 될 수 없다는 것!

이렇듯 블로그 생성 후 처음으로 고민해야 할 것이 닉네임이다. 닉네임을 이리저리 바꾸다 보면 소통하던 이웃들에게 혼동을 준다. 개명을 한 친구를 만나면 옛날 이름이 저도 모르게 툭 튀어나오는 것처럼 새로운 것에 익숙해지는 데는 시간이 걸린다. 그러니 처음부터 예쁘게, 나만의 고유한, 나를 표현할 수 있는 닉네임을 지어야 한다.

닉네임 짓는 팁을 주자면, 두 글자에서 세 글자로 짓는 게 좋다. 그것이 불리기에 가장 좋다. 내 이웃 중에 '너블리'란 사람이 있다. '너와 나의 블로그 성분 리뷰'라는 데서 한 글자씩 따서 너블리라 지었다. 이렇게 줄임말로 두 글자나 세 글자로 짓는 방법도 있고, 나처럼 좋아하는 연예인이나 모델 등 동경의 대상인 사람의 이름과 자신의 이름을 조합해서 만드는 방법도 있다. 실명이 너무 공개되는 게 싫다면 이런 방법도 있다. 블로거 '채핑'이 같은 닉네임은 실명인 '채희'와 자신이 좋아하는 색깔인 '핑크'의 첫 글자를 따서 만들었는데, 불리기도 좋고 귀엽기도 해서 좋은 것 같다.

블로그를 하는 이유는 사람마다 다 다르다. 여러분이 만약 개인 블로거가 아닌 업체나 자신을 홍보해야 하는 직업을 가진 사람이라면 블로그가 알려질수록 자신의 이름이 알려지는 것이니 실명을 쓰는 것도 상관없다.

교정전문치과의 홍보팀장으로 일할 때 내가 만든 병원 블로그의 닉네임은 '히히걸스'였다. 왜 굳이 병원 이름을 써야만 할까라는 고민 끝에 만든 이름이었다. 치아교정을 하면 자신감이 생겨 '히~'라고 발음을 했을 때 고른 치열이 보이게 된다. 그것을 연상하여 지은 것이다. 이렇듯 기업이나 광고 블로그의 경우 무조건 상호명을 쓰기보다는 은유적으로 자신을 나타낼 수 있는 닉네임을 사용하면 댓글 소통에서도 일반 블로거로 느껴질 수 있는 강점이 생긴다. 어차피 내 블로그에 들어와 보면 교정전문치과의 블로그인 것은 모두가 알 수 있을 테니까.

뭐, 정 닉네임이 고민이 되는 사람이라면 나와 함께 멍라인을 만들어 보는 것은 어떤가요? ㅋㅋㅋ 멍돼지, 멍자국, 멍해, 멍퍼맨, 멍트맨… 죄송합니다.

어쨌든 천하무적가연으로 시작된 나의 블로그는 닉네임에서 우여곡절을 겪다가 또 다른 난관에 부딪혔다.

블로그 이름을 또 정하라니, 또 정하라니! 하지만 이것은 그렇게 부각되는 것은 아니기에 닉네임만큼 고민할 필요는 없다. 당시 나는 인천 자취생이었으니까 '천하무적가연의 자취생으로 살기'였다. 이것으로 큰 뼈대는 끝이 났다. 뚜둥! 드디어 내 공간이 생겨났다.

카테고리 설정하기 _____ 블로그의 첫 시작인 닉네임 정하기만 끝나면 고민할 거리들이 훅훅 지나갈 것이다. 이 또한 지나가리니!

블로그 이름을 정한 후 무작정 '관리'를 눌러서 블로그에 대해서 탐방하기 시작했다. 네이버 블로그라는 곳에서는 어떤 걸 제공하고 있는지 어떻게 디자인을 꾸미는지 그냥 대충 구경을 했다. 요즘은 기본 스킨으로 화려하고 예쁜 디자인이 많이 제공되고 있어 딱히 큰 고민은 없을 듯하다.

꾸미는 것은 일단 두 번째 일이라 여기고, 메뉴판 생성을 하기 위해 이동했다. 미니홈피의 경우에도 카테고리는 기본으로 주어져 있었기에 그것을 기준으로 잡고 메뉴판을 만들었다. 일기 / 천하무적가연(셀카, 내 사진) / 인천 맛집 / 인천 가볼 만한 곳 / 요리 / 자취생 이야기, 이렇게 큼지막하게 나에 대해서 알려줄 카테고리를 만들었다.

사실 카테고리 설정은 답이 없다. 운영을 하면서 필요한 카테고리나 메뉴가 생각나면 하나씩 추가하면 되기 때문에 처음부터 머리 싸매면서 할 필요는 없다. 처음 블로그를 했을 당시에는 '천하무적가연'이라고 해서 셀카를 올리는 게시판을 만들었는데, 왜 그랬을까 이불킥을 지금에서야 한다. 내가 블로그에 대해 파악을 하기 전이었기에 미니홈피를 기준으로 만들어서 일 것이다. SNS처럼 내 셀카를 주르륵 올려도 된다고 생각했던 것 같다. 하지만 지금 블로그에 내 셀카만 마구 올리는 게시판이 있다면 아… 손발이 오그라들어 그 게시판은 비공개 처리할 것이다. 아, 물론 내 블로그 속 멍젤라 사진 전용 게시판이 오글거린다는 것이지, 다른 사람의 블로그가 다 그렇다고 비판하는 것은 아니다. 자신의 모습이 포트폴리오가 될 수도 있기에 취향 존중은 확실히 하기로! 인스타에는 내 셀카가 80%니까… 하하!

나는 지금의 내 공간인 "멍젤라의 매력포텐파워★"(부제: 마약 같은 여자)에 들어가서 메인화면을 바라보고 있을 때가 있다. 처음에 느낀 감정들을 생각하다 보니 문득 지금의 이곳을 시간이 지난 후에 보게 되면 그때는 또 다른 닉네임으로 또 어떤 감정으로 보고 있을지 궁금하다. 지금은 누가 봐도 정돈되어 있고 세련돼 보이는 내 블로그이지만 예전에는 그렇지 않았다. 그때의 메인화면을 상상하니 피식하고 촌스러움에 웃음이 나온다. 아마 몇 년 후에 또 오늘의 내 메인을 생각하면 웃음이 나올지도 모르겠다.

시작이 반이다. 이 정도로 구축해 놨다면 반 이상은 한 셈이다. 블로그를 생성하고 닉네임을 며칠씩 고민하고, 제목을 정하고, 메뉴판을 만들고… 이것만 하는 데도 엄청난 고생을 했기 때문에 반은 해결한 것이 맞다. 당시 미니홈피의 획일화된 구성에서 벗어나 내 맘대로 꾸미고 글을 쓸 수 있는 네이버 블로그로 이사를 하고 났을 때는 정말이지 하늘을 나는 것만 같았다.

닉네임과 제목 정하기

– 닉네임은 2~3자가 불리기에 가장 좋다.(멕시멈 4자까지 괜찮다.)
– 별명 혹은 네이버에 검색했을 때 없는 것을 쓰는 것이 브랜드화하기 좋다.

블로그 우측 상단의 **내 메뉴–관리**를 클릭한다. **기본 설정–블로그 정보**
에서 제목과 별명(닉네임)을 입력하면 된다.

카테고리 설정하기

메뉴·글 관리 – 블로그에서 카테고리를 추가하고 삭제할 수 있다.

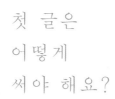
첫 글은
어떻게
_____ 써야 해요?

시작이 가장 어렵다는 걸 느꼈던 순
간이다. 대체 사진은 어떻게 찍는 거지, 어떤 걸 해야 잘했
다고 칭찬받을까… 메인화면을 보면서 멍하니 몇 시간이
고 생각만 하고 있었다. 천하무적가연은 자취생이니까 자
취 이야기를 쓰면 될 것이라고 생각했지만 막상 시작하려
니 획일화되어 있는 내 생활의 어떤 부분을 포스팅을 해야
할지 감이 안 왔다. 그러다가 한숨을 쉬면서 컴퓨터를 꺼
버리기 일쑤였다.

그러던 어느 날, 블로그에 마구 떠있는 위젯이라는 배
너들이 눈에 들어왔다. 쓰지도 않는 여러 배너들이 널브러
져 있는 게 눈에 거슬려 하나씩 클릭해가며 알아보았다.

그리고 어떤 블로그의 메인은 글들이 아이콘 모양으

로 정돈되어 보이는데, 또 어떤 블로그는 최근 포스팅이 바로 보이는 것이 아닌가. 아, 이건 또 어떻게 하는 거야. 고민을 하다가 무작정 '관리'라는 곳에 들어가서 마구잡이로 건드려보았다. 어차피 꾸며놓은 것 없이 메뉴판과 닉네임 달아놓은 것이 고작이었으니까 열심히 주물러봤다.

위젯, 프로필, 블로그 첫 화면 _____ 어떻게 시작할지에 대해서는 다들 고민이 이만저만이 아닐 것이다. 8년을 운영해온 팁을 주자면, 블로그를 개설한 후 마구잡이로 걸려 있는 불필요한 위젯들은 깔끔하게 정리하는 것이 맞다. 그리고 프로필을 꾸미는 것이 우선이다. '이 블로그의 주인장은 누구이다!'라고 나타내는 대문의 사진을 걸고 블로그 정보를 설정해준다. 내 공간을 설명하는 것만큼 중요한 것은 없다. 한눈에 나를 몇 글자로 잘 나타내어준다면 사람들의 이목을 끌지 않을까?

나는 블로그의 첫 화면 또한 중시했다. 한참을 헤맨 끝에 블로그 상단 메뉴를 선택함으로써 처음 보이는 화면을 설정할 수 있다는 것을 알게 되었다. '프롤로그'와 '블로그' 중에서 고르면 되었는데, 프롤로그로 대표메뉴를 지정하니 지금껏 블로그에 썼던 글들이 아이콘 모양으로 나열

되었다. 오! 신세계다. 이것만으로도 신세계였다.

그리고도 세세하게 정리해야 할 것들이 꽤 있다. 프로필 대문 바꾸기부터 폰트는 뭐로 할 것인지, 댓글을 달 때 사진을 보여줄 것인지, 아니면 아이콘을 보여줄 것인지… 하나하나 손댈 것이 많다. 하지만 이러한 것들은 운영을 하다 보면 저절로 알게 되는 것들로, 애초에 너무 많은 고민을 할 필요는 없다. 어쨌든 설정에 들어가면 블로그를 내가 원하는 대로 만질 수 있다.

이제 세팅은 완료되었다. 세팅이 완료되자마자 전장에 나갈 때 총이 없으면 안 된다고, 이전에 쓰던 케케묵은 삼성블루 디카를 꺼내들었다. 이 오랜 사진기가 나의 블로그에 빛을 발해주었다. 요리 중간중간 셔터를 눌러가면서, 자취 생활의 담을 수 있는 이야기들을 찍어댔다. 그러고는 포토샵을 이용하여 찍은 사진들을 자르고 편집했다. 하지만 그 후에 또 다른 관문이 있을 줄이야 꿈에도 몰랐다.

블로그 글쓰기 _____ "첫 글을 뭐라고 써야 해요? 자기소개를 해야 할지, 일상을 써야 할지, 아니면 일기를 써야 할지 어떻게 하는 게 맞나요?"

사실 이게 제일 고민거리다. 블로그에서 가장 중요한

것은 글이다. 제아무리 디자인이 예쁘고 사진이 좋다 해도 글이 엉망이면 아무 소용이 없다. 사람들을 끌어당기고 공감을 자아내게 하는 것은 바로 글이기 때문이다.

학창 시절에 나름 언어영역 1등급이었다며 어깨뽕을 엄청 넣고서는 글 하나는 자신 있다고 생각했는데, 블로그 글 하나 쓰는 데 뭐 이리 오래 걸리는 거야… 첫 글부터 이렇게 고민을 할 줄이야. 또 문체는 어떻게 하지? 독백 형식, 아니면 누구에게 들려주는 것처럼 해야 하나 한참을 고민했다. 만약 지금 그때의 나와 같은 고민을 하고 있는 블로거가 있다면 가뭄의 단비 같은 힌트를 하나 주겠다.

첫 번째, 당신을 소개하라. 블로그를 시작하게 된 동기나 닉네임에 관한 이야기를 적어보자. 누구에게 보여주는 글이 아니라 일기처럼 내 마음속의 이야기를 담아보는 것이다.

두 번째, 나의 블로그에 소개될 대표적인 항목을 보여주자. 자신이 블로그에서 보여주고 싶은, 자신이 잘하는 그 무엇에 대해서 소개를 해보자. 육아 이야기를 담을 계획이라면 아기에 대한 소개를 하고, 만약 나와 같은 작가의 길을 걷고 있다면 자신의 책에 대해서 소개해보자. 사람들이 이 블로그의 주인장은 이런 일을 하는 사람이구나 하고 알 수 있도록 말이다.

　세 번째, 아무 글이나 괜찮다. 이것이 제일 하고 싶은 말이다. 블로그는 나의 이야기를 그냥 아무거나 담으면 된다. 뭐라고 할 사람 없다. 하루에 있었던 일 중에서 재밌던 일, 담고 싶은 사진 한 컷을 첨부해서 아무 글이나 쓰면 된다. 천하무적가연의 첫 번째 게시글은 '자취생의 하루!'였다. 나의 일기를 하루하루 담기 시작했는데 첫 시작임에도 불구하고 나 혼자 나름대로 뿌듯했던 것 같다. 그 모든 것이 추억이 되니 닥치는 대로 글을 써보자.

　사실 글쓰기는 내가 초반에 고민했던 것만큼 그렇게 어려운 것은 아니었다. 배부른 소리라고 할 수도 있지만, 지금 당신이 글쓰기를 어려워 하는 이유는 단 하나밖에 없다. 너무 많은 신경을 쓰고, 너무 잘 쓰려고 하니까 그런 것이다. 블로그가 누군가에게 보여주는 공간이라는 생각이 머릿속에 있기 때문에 부담이 생기는 것이다.

　일기를 꾸준히 쓰고 있는 사람이라면 블로그 글쓰기는 어렵지 않다. 초등학교 때 일기 숙제를 해가면 선생님이 코멘트를 달아주던 기억이 난다. 그 일기장 속에는 정말 온갖 이야기들이 다 담겨 있었다. 동생이랑 쥐어뜯고 싸운 이야기, 엄마랑 아빠가 부부싸움을 한 이야기, 심지어 똥을 눴는데 똥꼬가 아파서 울었다는 이야기까지 진짜 너무나도 솔직하게 썼던 것 같다. 선생님이 보실 것이라는 걸 뻔히 알면서도 그날 나에게 있었던 특별한 일을 그대로 적었다. 블로그 글도 이와 같다. 물론 상식선에서 말이다. 블로그는 어른 아이 할 것 없이 여러 검색어를 통해 들어오거나 이웃의 이웃을 타고 들어온다. 누군가에게 일상을 공개했을 때 문제가 없는 글이라면 그 누구라도 뭐라고 하지 않을 것이다.

　꾸준한 것과 잘하는 것은 다르다. "너무 잘하려고만 하면 안 하니만 못하니 마음의 짐을 내려놔라." 엄마는 항상 나한테 그랬다. 물론 이처럼 예쁘게 말씀하지는 않았지만.

　"니가 므시 그리 잘났다꼬! 있는 그대로 살아야지, 그래 잘살 끼라고 애쓰다가 안 그카고 사는 게 더 낫긋다."
(해석 필요하시나요…?)

위젯 선택하기

이 영역, 배너 형태의 아이들을 '위젯'이라 한다.

블로그 위젯은 **관리 – 꾸미기 설정 – 레이아웃·위젯 설정 – 위젯 사용 설정**에서 선택 및 해제를 하면 된다.

메인화면 설정하기

글이 몇 개 없을 때는 블로그로 두고, 글이 많아지면 프롤로그로 바꾸자. 프롤로그 화면은 알차 보이고 깔끔해 보이지만 글이 몇 개 없을 때는 더 허전해 보이니 처음에는 블로그 화면으로 하자.

블로그 우측 상단의 **내 메뉴 - 관리**를 클릭한다. **메뉴·글 관리 - 상단메뉴 설정**에서 **대표메뉴**에서 프롤로그와 블로그 중 선택하면 된다.

 앨범 형태로 깔끔하게 보인다.

 최근 포스팅 글이 보인다.

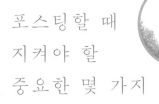

포스팅할 때 지켜야 할 _____ 중요한 몇 가지

천하무적가연으로 활동할 때 '일상을 하나씩 담자'라는 마음으로 사진을 마구잡이로 찍기 시작했다. 어느 날은 인천의 차이나타운을 다녀와서 글을 올린 적이 있는데, 그날의 여행은 여행이 아니었다. 여행보다는 사진에 미친 여자처럼 카메라를 연신 들이대었다. 나중에 보니 사진이 200장이 넘었다. 물론 퀄리티가 떨어지는 사진도 많았고, 이건 대체 왜 찍은 거야 하는 것들도 많았다. 포스팅을 하기 위해 흔들린 것, 내가 못생기게 나온 것, 뚱뚱하게 나온 것을 쫙 빼고 나니 50여 장이 남았다. 좋아, 사진도 많고 글도 어마어마하니 사람들에게 엄청 도움이 될 것이야!

그러고는 댓글이 마구마구 달릴 것을 기대하며 며칠

을 기다렸다. 하지만 시작한지 얼마 안 되고 이웃이 없어서인지 댓글 창은 휑하기만 했다. 그러던 어느 날 댓글이 달렸다.

"차이나타운 안 가도 될 것 같아요! 근데 다 읽기 힘들어서 대충 봤는데, 맛집이나 다른 정보는 좀 없나요?"

"재밌었겠어요!"

하하하! 영혼 없는 댓글도 있었고, 너무 길다는 말도 있었다. 길수록 좋은 것 아닌가 하는 생각이 들었지만, 사람들의 생각을 알아보기 위해 다른 사람이 쓴 글을 보러 갔다. 차이나타운 관련 상위 랭크 글 몇 개를 골라서 보니 사진 퀄리티, 글, 정보 등 모든 것을 담고 있었다.

아차! 내가 지금 큰 실수를 했구나. 정보가 무조건 양이 많다고 좋은 게 아닌데 바보였구나! 역시 남들 것을 보고 다녀야 해. 그렇게 다른 사람들이 쓴 글을 엄청나게 보러 다녔다. 그중 문체가 좋고 잘 꾸며진 재밌는 블로그 몇몇은 구독하고 그것들의 특징을 살펴보았다. 그렇게 해서 글을 쓸 때 지켜야 할 중요한 몇 가지를 알게 되었다.

첫 번째, 사진의 개수는 5장 이상, 웬만하면 25장을 넘지 않는 게 좋다. 사진이 너무 적으면 정보를 주기에 부족하고, 너무 많으면 사람들이 지루해한다. 글을 재밌게 볼 수 있고 즐거워할 수 있는 분량은 약 20장 정도였다. 만약 담고 싶은 게 많아 아무리 선별해도 그렇게 되지 않는다면 포토샵과 같은 사진 편집 툴을 사용해서 사진 합치기를 하면 된다.

두 번째, 전하고자 하는 것을 팩트 그대로 전달한다. 내가 보고 듣고 느낀 것, 그 사진을 담았을 때의 에피소드나 감정을 사진 밑에 적어준다. 그것이 바로 정보이다. 자신의 생각을 솔직하게 표현하자. 특히 여행 후기일 경우 시간적인 순서에 따라 구성하면 좋다. 출발할 때의 느낌, 도착하면 바로 보이는 것들, 궁금한 정보들, 여행지에서 먹은 음식이나 간식, 돌아올 때의 느낌 등을 시간적인 순서로 적으면 사람들에게 많은 도움이 될 것이다. 여행지를 검색해서 오는 사람들의 대부분은 정보를 얻기 위해서이다. 그곳에 체류한 기간, 특정 장소의 영업시간, 입장료 등 사람들이 궁금해하는 정보를 담는 것을 잊지 말아야 한다. 그러면서 여행지의 음식이나 맛집들을 소개하면 사람들은 여러분과 함께 여행을 하고 있다는 느낌을 받을 것이다.

세 번째, 억지스런 칭찬과 무조건적인 비방은 삼가야 한다. 너무 찬양만 하면 광고쟁이로 느껴진다. 상품이나 여행, 혹은 맛집 소개 글을 쓸 때는 그것이 좋았던 이유를 정확하게 짚어주면 사람들은 진짜라고 느낄 것이다. 이런 글을 올릴 때에는 사실에 입각하여 진정성 있게 써야 한다.

창원 단체회식 사람들 다들 보내고
ㅋㅋㅋㅋㅋㅋㅋㅋㅋㅋㅋㅋㅋㅋㅋㅋㅋ

휴_ 전쟁같았다

ㅋㅋㅋㅋㅋ ㄱ그리고 마지막으로 불쇼 시전 한번더하기
활활 불타올라라 소고기여

포스팅 글 속에 스티커와 동영상, 움짤, 지도 등 여러 매체를 활용하는 것이 좋다.

적당한 선에서 있는 그대로를 표현해주는 것이 최고이다.

네 번째, 모든 매체를 활용하는 것이 좋다. 네이버는 자신이 직접 찍은 사진과 글은 기본이며, 그 외에 동영상, 움짤, 지도, 스티커 등등 글 속에 포함할 수 있는 모든 것을 조금씩 다 사용하는 것을 좋아한다. 맛집을 적는다면 당연히 지도를 첨부해야 한다. 영상 첨부는 더없이 좋다. 네이버 검색 시 동영상이 따로 검색된다는 것을 상기하자. 적절한 스티커 배치는 재미를 부른다. 재미있는 스티커를 적절히 배치해서 지루한 글이 되지 않게 해주는 것이 좋다.

다섯 번째, 글은 간결한 것이 좋다. 구구절절 떠들면 사람들은 지루해한다. 그 사진에서 보여주고자 하는 것, 알려주고자 하는 것, 그때의 감정만을 간결한 문체로 쓴다.

문체는 자신만의 특징이고 능력이라서 답은 없다. 일

기체처럼 쓰는 사람도 있고, 누군가에게 들려주듯이 "~했어요, ~그랬답니다"라고 쓰는 사람도 있다. 그건 자신만의 개성이니 어투에 너무 얽매이지 않아도 된다.

좋은 글은 사진과 글이 적절히 조화를 이룬 것이다. 텍스트가 너무 많은 글도, 사진만 너무 많은 글도 사람들의 시선을 오랫동안 잡아두지 못한다.

멍젤라는 초보시절 블로그를 공부하면서 여러 사람들의 글을 읽은 게 큰 도움이 되었다. 누군가의 문체를 따라 글을 써보기도 했다. 모방은 창조의 어머니라고 했던가! 글은 모방한다 하더라도 필력이나 필체는 누군가와 똑같아지지는 않는다. 그렇게 좋은 글들을 꾸준히 따라 쓰다 보면 자신만의 글을 쓸 수 있다. 지금의 멍젤라 블로그를 보고 있노라면 예전의 그러한 공부들이 상당히 도움이 되었다는 것을 알 수 있다.

블로그 글은 자신만의 노력의 산물이다. 포털사이트에서 검색해서 내 글을 클릭하는 사람들의 마음을 헤아려보자. 정보를 알고 싶어서 들어온 사람한테 그에 맞는 정보를 제공하여야 한다. 그렇게 신용을 얻다 보면 어느새 여러분의 블로그는 10명의 클릭을 받다가 100명, 1,000명의 클릭을 받게 될 것이다. 겁먹지 말고 자신 있게 써보자.

02 블로그, 시작부터 제대로 해보자

_____ 이제 글이 시작되었다! 포트폴리오가 마구마구 채워지고 있다는 사실에 가슴이 두근거린다. 하지만 시작부터 제대로 해야 나중에 후회하지 않는다. 이것저것 무턱대고 하다 보면 자칫 블로그가 산으로 갈 수 있다. 사람들이 내 블로그를 방문했을 때 "아~ 이 블로그는 무엇에 대해 이야기하는 블로그구나" 하고 알 수 있어야 한다. 그러기 위해서는 처음부터 콘셉트를 제대로 잡고 시작해야 한다. 그래야 경쟁력이 생긴다.

내 방을
예쁘게
_____ 꾸미자

"블로그 홈페이지형 만들어드립니다!
단돈 99,000원! 샘플 보고 연락을 주면 이틀 안에 완성!"

블로그를 운영하는 사람은 누구라도 이런 광고에 혹
하는 경우가 있다. 요즘은 재능기부 사이트가 많기 때문에
굳이 이런 유료 업체를 이용하지 않아도 블로그를 예쁘게
꾸밀 수 있다. 기본적으로 포토샵을 할 줄 아는 사람이라
면 스스로 블로그를 꾸밀 수 있다.

블로그 대문 꾸미기 _____ 먼저, 블로그의 대문을
꾸미는 일이 중요하다. 대문만 보고도 사람들은 이 블로거

가 어느 정도 수준인지 알아챈다. 있어 보이는 집은 대문부터가 달라보인다.

　사실 업체들은 이벤트를 할 때 방문자가 많고 블로그 지수가 높은 블로그에게 협찬을 주려고 하는데, 주로 방문자 수를 보고 선정한다. 그런데 갖고 싶은 이벤트 상품을 두고 다른 블로거들과 경쟁해야 하는 체험단 사이트에 응모를 할 때는 디자인적 요소가 매우 중요하다. 예를 들어 펜션 여행을 위해 포털사이트에서 펜션을 뒤진다고 생각해보자. 실시간 예약이 되는지, 얼만큼 방이 예쁘고 깔끔한지, 얼마나 잘 운영되고 있는지의 기본 정보는 펜션의 홈페이지를 보면 알 수 있다. 그런데 펜션이 하도 많다 보니 홈페이지의 메인화면만 보고 나와버리는 경우가 많다. 메인만 봐도 그 펜션이 얼만큼 깔끔하고 잘 운영되는 곳인지를 어느 정도 알 수 있기 때문이다. 경쟁 업체가 많은 지역의 펜션일수록 디자인이 좋고 깔끔하게 잘 만들어진 홈페이지들을 열어놓고 방을 비교하면서 결정하게 된다.

　경쟁 상대가 많은 체험단 사이트에서도 기준은 이와 같다. 블로그 지수, 방문자 수, 글의 전문성, 블로그 디자인, 이것들을 보면서 협찬할 블로그를 고른다. 언젠가 체험단 사이트에서 헬프 요청이 와서 도와준 적이 있었다. 약 3개월간 일을 하면서 꽤나 많은 블로거들을 골라내야 하는

MeongJella
마약같은 여자
.
.

HOME
DAILY
FOOD
CAFE
BEAUTY
REVIEW
FASHION
TRAVEL

어느 한때… 멍젤라 블로그의 대문, 멍젤라의 대문은 그때그때 바뀐다.

작업에서 나 역시 기준은 명확했다. 이 세계에서도 이뻐야 한다! 그래서 나는 이뻐지기로 했다!

포토샵 실력을 갖춘 내가 남들에게 뒤질 수는 없다. 내가 잘하는 것을 살려서 나를 알려야겠다. 그래서 직접 요즘 유행한다는 홈페이지형 블로그를 만들기로 했다. 여러 블로거들이 올려놓은 글들을 죽어라 읽어가면서 태그를 뭘 쓰는 건지 확인하고, 그 태그에 대해서 분석했다. 그러고는 그들이 하라는 대로 따라 했더니 성공했다. 역시 블로그는 유익하고 고마운 존재이다. 나도 블로거지만 이런 전문 블로거들의 도움을 엄청나게 받았기에, 나 또한 내가 잘할 수 있는 것으로 남들에게 도움을 주고 싶다. 블로그는 서로 돕고 돕는 그런 곳이다. 완성한 나의 대문을 보고 있노라면 지금도 내가 천재가 아닐까 싶다. 푸하하!

이 작업은 사실 디자인을 모르는 사람이라면 조금 어려울 수 있다. 나는 다행히 포토샵을 다룰 줄 알아서 할 수 있었지만, 처음인 사람들은 답답하기만 할 것이다. 이것은 내가 노력한다고 되는 것만은 아니기에 조금은 씁쓸하지만 도움을 받는 수밖에 없다. 제아무리 전문가의 친절한 설명을 듣고 따라 하더라도 기본적인 디자인 감각이나 기술이 없으면 예쁜 디자인을 만들기가 어렵다. 자신의 블로그를 예쁘게 꾸미고 싶다면 전문가의 손길을 좀 빌리는 것도 괜찮다. 그 정도의 투자는 아깝지 않다.

나는 이웃들을 위해서 블로그 디자인 재능기부 이벤트를 가끔씩 연다. 그렇게 재능기부로 인공호흡을 시켜드린 블로그가 꽤나 있다. 그것들의 비포 애프터 사진을 보면 왠지 모를 뿌듯함으로 눈물이 앞을 가린다. 하하하! 나 지금 내 자랑 중인데 조금 민망하네… 어쨌든 나 같이 블로그 디자인 이벤트를 생각보다 꽤 많이들 하고 있다. 그러한 블로그 이벤트나 재능기부 카페를 잘 이용해도 좋고, 아니면 유료 업체에 맡기는 것도 좋다.

체인지하우스 블로그 blog.naver.com/btstar2078

　　재능기부 이야기를 하다 보니 생각나는 이웃이 있다.
그분은 자신의 업체 블로그를 운영하고 있었는데, 블로그
를 꾸밀 줄 몰라 내가 재능기부를 해주었다. 이웃님의 닉
네임은 '체인지하우스'였는데 그분이 내 디자인을 선물 받
은 후 한 가지 약속을 했다. 나의 재능기부가 너무 감동적
이고 고마웠다며 자기도 꼭 재능기부를 하겠다고 했다. 나
는 그냥 인사치레라고 생각했는데, 한 달쯤 후 그분이 카
톡으로 사진을 보내왔는데, 정말 재능기부를 하는 사진이
었다. 자신의 재능을 살려 한 달에 한 번, 주변의 불우한 이
웃들을 찾아가 집 수리와 정리를 해주는 봉사 활동을 시작
했다고 했다. 블로그 디자인 하나로 이렇게 따뜻하고 아름

다운 일을 겪게 되니 마음이 울컥했다. 앞으로 더 마구마구 내 재능을 퍼주고 싶었다. 그리고 그분은 내가 바꿔준 블로그 덕분에 찾아오는 사람이 많아졌다고 나에게 항상 감사해한다.

사실 나에게는 디자인 작업 의뢰가 많이 들어온다. 글을 쓰는 작가들의 블로그, 가게 창업을 위한 블로그, 개인 블로그 등등 많은 사람들이 부탁을 하곤 하는데, 개인적으로 끄적거리며 만들어왔던 블로그 디자인이기에 그냥 무료로 해드린 적이 많다. 그런데 무료로 해주다 보니 작업에 대한 신뢰도나 나의 자존감이 떨어지는 일들이 생겼다. 무료로 기왕 만들어 줄 거 이것도 해달라 저것도 해달라, 금방 그거 수정해달라, 이런저런 요구에 기분이 상하는 일도 생겼고, 귀한 시간을 너무 낭비한다는 생각이 들었다. 그래서 비용을 받고 디자인을 해주었더니 오히려 만족하는 사람들이 많았다. 아직도 내가 만들어준 대문을 잘 이용하고 있는 사람들을 볼 때면 마음이 뿌듯하다.

어쨌든 확실한 것은 사람들은 예쁘게 만들어진 블로그를 좋아한다는 것이다. 블로그 디자인에 돈 쓰는 것을 아깝게 여기지 말고, 매일매일 예쁜 집에서 산다는 생각으로 작은 투자를 할 필요가 있다.

창원 카페 로맨스...[8]   마산 국화축제 20...[18]   하루가 몽글몽글, ...[91]   대구 수성못 출집 ...   이은대 자이언트스...[38]

멍젤라 블로그의 썸네일

썸네일 _____ 멍젤라 블로그에 들어오면 나만의 개성 있는 썸네일이 반겨준다. 남들과는 차별화를 하고 싶었던 욕심이다. 썸네일은 블로그 글을 검색했을 때 보이는 첫 번째 사진을 말한다. 그 한 장으로 글의 내용을 모두 보여줄 수 있어야 하는 매우 중요한 사진이다.

나는 나만의 사진으로 특별함을 만들었다. '창원 카페'를 검색해서 페이지를 내리다 보면 누가 봐도 눈에 띄는 게 있다. 그것이 바로 나의 썸네일. 이번 페이지에서는 내 자랑 토크가 좀 많지만 어쩔 수 없다. 이해해 주시길….

시작부터 멍젤라의 블로그는 계획적이었다. 썸네일부

터 디자인까지 모두가 하나의 느낌이 되도록 제작하고 글을 쓰기 시작했다. 요즘은 이런 썸네일을 만들어서 올리는 사람들이 꽤나 많이 늘어났다. 앞서 말한 내 친구 지혜의 경우는 썸네일을 핸드폰 어플로 만들어서 올리는데 깜짝 놀랐다. 이렇게 포토샵을 할 줄 모르는 친구라도 포토스케이프 프로그램이나 어플을 이용하여 충분히 만들 수 있다. 조금만 관심을 가지고 노력하면 누구나 예쁜 블로그를 만들 수 있다.

기왕이면 다홍치마라고 예쁜 디자인은 글에 힘을 실어줄 것이다. 썸네일만 보더라도 "아! 이거 멍젤라"라고 누군가가 알아준다면 나의 어깨는 하늘 끝까지 닿을 것이다.

앞에서 말한 것처럼 남들과 다르게 블로그 대문과 썸네일 등 디자인적 요소에 좀 더 신경을 쓰고 시작한다면 여러분은 이미 프로블로거가 된 거나 다름없다. 물론 내용물도 중요하지만 이런 디자인적 요소를 잘 꾸며놓으면 메인화면에서부터 점수를 먹고 들어가는 것이다.

멍젤라는 당신의 센스를 믿습니다. 포토스케이프나 포토샵을 이용하여 블로그를 직접 한번 꾸며보세요. 정 어렵다면 무료 재능기부 사이트도 많이 있으니 이용해보세요(ex, 크몽).

블로그 꾸미기-기본 설정

1. 블로그 우측 상단 **내 메뉴 – 관리 – 꾸미기 설정**에서 설정하면 된다.
2. 레이아웃 – 넓고 큰 모드(포스트 영역 넓게)를 선택하는 게 좋다. 큰 사진의 경우 시야 확보도 좋고 정보 제공도 용이하기 때문이다.

리모콘 활용 Tip!

꾸미기 설정에서 **세부 디자인 설정**을 클릭하면 리모콘이 나온다. 내 블로그에 바로바로 적용되는 것이 보이기 때문에, 참고하면서 예쁘고 깔끔하게 꾸미면 된다.

스킨배경: 흰색이 깔끔하다. 패턴은 복잡하지 않게 설정.
타이틀: 가로 966×세로 최대 300 픽셀로 꾸밀 수 있다.
네이버메뉴, 블로그메뉴, 구성박스: 원하는 대로 꾸며도 된다.
전체박스, 그룹박스: 되도록 사용하지 않음을 체크한다.
포스트스타일: 눈의 피로도를 고려해 되도록 배경색과 일치하는 게 좋다.
프로필, RSS/로고: 원하는 대로 꾸며도 된다.

블로그 대문 만들기

1. 블로그 우측 상단 **내 메뉴** – **관리** – **꾸미기 설정** – **타이틀 꾸미기**를 클릭한다.

2. **리모콘**에서 디자인을 선택하면 된다. 자신이 직접 만든 대문 그림을 설정하고 싶을 때는 **직접등록**을 클릭하여 대문 그림을 선택하면 된다. 대문 그림은 가로 966px, 세로 50~300px의 500kb 미만 jpg, gif 그림을 사용하면 된다.

포토스케이프로 썸네일 만들기

포토스케이프는 포털사이트에서 검색하여 다운로드할 수 있다.

1. 포토스케이프에서 **사진편집**을 클릭하여 편집할 사진을 불러온다.
2. 하단에 있는 툴들을 이용하여 편집하면 된다.

T 버튼은 글자를 적을 수 있다. 개체 도구로 그리고 투명도 조절과 색상을 고를 수 있다. 아이콘 버튼을 누르면 귀여운 아이콘들이 쏟아진다.

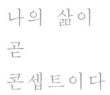

나의 삶이
곧
_____ 콘셉트이다

　　블로그는 명확한 콘셉트가 필요하다.
내가 천하무적가연 시절에 운영한 자취생 콘셉트는 제대
로 먹혔다. 인천이나 서울에는 타지에서 올라와 혼자 살고
있는 자취생들이 많았다. 혼자 살면서 필요한 생활용품, 혼
자 해 먹을 수 있는 음식, 자취생의 일상 등에 관한 포스팅
을 많은 사람들이 좋아해 주었다. 그때 이미 나의 글쓰기
콘셉트는 정해졌다. "소탈한 자취생의 일상 보여주기!"
　　참 재밌는 게, 자취생의 얘기를 담기 시작하니 신기하
게도 내게 꼭 필요한 생활용품들이 협찬 연락이 왔다. 또
밥 해 먹기 귀찮은 자취생의 마음을 아는지 근처 맛집에서
도 연락이 왔다. 나는 내 글 하나로 생활이 점점 편리해지
기 시작했고, 블로그는 자취생의 럭셔리한 취미가 되었다.

처음으로 들어온 협찬은 원룸살이에 필요한 옷 수납 장이었다. 고마움에 정말 어마어마하게 사진을 찍어 열심히 올렸다. 자취생 콘셉트에 맞는 블로그여서 그런지 그 후로도 쭉 생활용품 협찬이 줄을 이었다. 나는 잘 사용하고 있는 모습을 사실 그대로 올리기만 하면 내 물건이 되었다. 돈 주고 사야 할 물건들이 블로그를 통해서 이렇게 공짜로 생기게 되니까 생활비도 아낄 수 있었다.

현재 멍젤라의 블로그는 30대 여성의 일상을 담고 있다. 어느 날부턴가 해외여행을 가게 되었고, 30대가 되고 나니 여행하는 것도 큰 공부라는 것을 알게 되었다. 여행 이야기를 담기 시작하면서 내 블로그는 여행을 위하여 찾는 사람들이 많아졌고, 그에 대한 질문도 많아졌다.

해외여행 이야기를 담게 되면서 처음 가는 나라에서 두려웠을 법한 이야기들을 경험 그대로 들려주었더니 많은 도움이 되었다는 댓글이 쏟아졌다. 점점 늘어나는 여행 게시판의 나라 이름을 보면서 마음 한편이 뿌듯해졌다. 덕분에 국내 여러 지역의 펜션들을 체험할 수 있는 기회들이 주어졌고, 나의 여행 루트를 보고 여행 계획을 짜고 있다는 사람들도 많아졌다.

멍젤라라는 블로거는 20대 때는 꾸미고 다닐 줄도 몰랐던 껍데기만 여자인 사람이, 화장품에 대한 이야기를 하

SK-Ⅱ 협찬 상품

게 되면서 30대 여성들의 고민을 함께 나누게 되었다. 그렇게 나는 화장품을 4년 동안 협찬 선물로 받았다. 신제품, 새로 론칭한 회사들, 너무나도 잘 알려진 대형 화장품회사 제품 등을 직접 써보고 포스팅을 하면서 뷰티블로거라는 수식어까지 얻을 수 있었다.

블로그 속 세상에서는 내 생활이 곧 콘셉트가 된다. 아이를 키우는 엄마라면, 자신의 일상을 꾸준히 쓰다 보면 공통분모가 아이라는 것을 알 수 있다. 육아용품부터 아이를 키우는 고충, 아이 덕분에 행복한 이야기, 가족의 여행 이야기 그 모든 것이 정보력이 되고 자신의 콘셉트가 된다. 육아맘들이 블로그를 많이 하는 이유 중 하나가 아이의 성장 앨범이 바로 블로그라는 것을 느끼게 되면서이다.

블로그를 통해서 알게 된 나의 친구 제이챙! 그녀의 블로그에는 엄청난 뷰티 정보가 있다. 사진부터 글까지 모든 게 그녀의 뷰티 아이템들로 넘쳐난다. 물론 일상 이야기와 여행 이야기, 맛집 이야기들도 섞여 있지만 그녀의 콘셉트는 분명하다. 틴트를 구매하고 싶을 때 나는 이 친구의 블로그에서 비교해보며 구매를 하고, 신제품에 대한 궁금한 점이 있으면 먼저 이 친구의 블로그부터 살펴본다. 이 친구는 그야말로 믿고 보는 뷰티블로거이다.

자신의 분명한 색깔이 드러나게 되면, 그와 관심사가 같은 사람들은 여러분을 '이웃추가' 할 것이고 애독자가 될 것이다. 단 한 명의 사람이라도 당신의 글을 읽고 즐거워한다면 좋은 일이 아닐 수 없다. 그리고 표면적으로 드러내놓고 활동하진 않지만 조용히 응원하고 있는 애독자들도 생각보다 많이 있다.

멍젤라라는 평범한 30대 여자의 일상을 꾸준히 애독해주는 사람들이 많이 있다. 그들은 내가 하는 이야기에 자신을 투영해보기도 하고, 나보다 먼저 아픔을 겪은 사람들은 진심 어린 위로를 해주기도 하고, 때로는 즐거운 이야기도 재잘거려준다. 같은 삶을 살아가고 있는 사람들의 소통의 장이 되고 있다는 점에서 멍젤라의 블로그는 30대 여자들이 살고 싶은 삶을 대변하는 장소가 된 것이다. 내 이야기를 진심으로 들어주는 그들이 가까운 친구보다 더 힘이 될 때가 많다. 꾸준히 내 글을 읽어와 주던 사람들이 어느 날 나에게 말을 걸어올 때면 별거 아닌 나의 취미라고 생각한 블로그가 엄청난 힘이란 걸 느끼게 된다.

어느 날, 잘 다니던 회사를 때려치우고, 버킷리스트 중의 하나라며 '혼자서 제주도 살기'를 하러 제주도로 간 적이 있다. 멍젤라는 그런 여자이다. 하고 싶은 것, 마음에 품은 것을 일상에 얽매이지 않고 지금 당장 실행하는 자유로운 삶을 사는 여자이다. 내 콘셉트는 누군가가 바꾸려고 해도 바뀌지 않고, 누군가가 따라 하고 싶어도 쉽게 따라 할 수 없는 것이다. 무작정 차 한 대만 가지고 떠난 제주도 여행에서 역시 멍젤라를 외치는 사람들이 많았다. 나의 항상 밝은 모습과 당찬 30대 여성의 모습만을 표면적으로 보는 사람도 있었지만, 왜 내가 제주도를 선택해야만 했는지, 나의 마음과 생각에 공감하는 사람들도 많았다. 자신이 할 수 없었던 것을 해내는 용기에 박수를 보내주었고, 나의 아픔을 위로하면서 자신의 상처를 치유하고 용기를 얻는 이웃들도 참 많았다. 어느 순간부터인가 멍젤라의 블로그는 일상에 찌들어 사는 평범한 여성들이 꿈꾸는 삶을 대신해주는 콘셉트로 자리 잡고 있었다.

저마다 행복을 추구하고 살아가는 방식은 다르다. 누군가는 가족과의 일상이 너무나도 행복할 것이고, 누군가는 자신을 꾸미는 것이, 누군가는 자신의 가게를 운영하는 것이, 또 누군가는 책을 쓰는 것이 행복할 것이다.

블로그 콘셉트를 잡는 것은 크게 어렵지 않다. 여러분

이 지금 처한 상황만 생각하면 된다. 너무 슬프고, 힘들고, 불행하고, 평범한 삶이라서 쓸 글이 없다고 생각할지도 모르지만 그것 또한 여러분의 콘셉트가 될 수 있다. 분명 여러분의 삶에는 콘셉트가 있다.

여기서 중요한 것은, 블로그가 중구난방이 되면 안 된다는 사실이다. 창원에 사는 사람이 뜬금없이 '서울 맛집', '청주 맛집'에 관한 글을 마구 올린다면 "이 사람 대체 어디에 사는 사람이지?" 하는 의문과 함께 사람들은 글의 진실성을 의심할 것이다. 아! 물론 여행을 간 곳이라면 상관없다. 여행지에서의 이야기들과 함께 자연스럽게 맛집 소개를 하고 있다면 사람들은 충분히 공감할 것이다. "아, 이 사람 얼마 전에 서울에 강의 들으러 간댔어, 그때 먹은 맛집이구나"라고 생각한다는 것이다. 하지만 한 번도 창원을 벗어난 적 없는 사람이 서울 맛집이라는 글을 올린다면 사람들은 혼동이 될 것이다. "이거 광고글 아냐?", "돈 받고 써주는 글 아니야?"라고 생각하게 된다. 처녀라고 자신을 소개한 블로거가 뜬금없이 육아용품만 죽어라 올린다면 사람들의 공감을 얻기가 어렵다. 물론 조카에게 선물하기 위해서 구매했다는 말이 있으면 달라지지만.

모든 사람들을 만족시키면 정말 좋겠지만 그것은 쉽지 않은 일이다. 블로그 운영에 있어서는 특정 타깃층을 확보하는 것이 더 바람직하다. 그것은 곧 특정한 콘셉트가 있어야 한다는 뜻이다. 여러분의 콘셉트에 관심을 갖는 사람들의 신뢰를 업고 자신을 보여주자. 그러면 그들도 진정성 있는 당신의 일상 이야기에 귀를 기울일 것이고, 대리만족을 느끼며 즐거워할 것이다.

인기도 많고 유명한 블로그의 특징은 그들만의 색깔이 뚜렷하다는 것이다. 사람의 성격이 개개인마다 다르듯이 블로그도 운영자에 따라 개성이 묻어나고 매력이 다르다. 그렇기에 콘셉트는 모두 다를 수밖에 없다. 여러분의 콘셉트가 곧 블로그의 성격이 된다.

업체나 회사의 블로그를 운영한다면 콘셉트는 이미 확실하게 정해져 있다. 카페 블로그라면 커피 등 판매 상

품과 관련된 이야기와 카페의 일상을 담는 콘셉트로 정해
질 것이고, 숙박업체라면 업체에 대한 정보, 투숙객 에피소
드, 숙박업체 사진, 근처 가볼 만한 여행지, 맛집 이야기들
이 주를 이룰 것이다. 이렇게 저마다의 콘셉트가 정해지면
그곳을 방문하는 사람들은 필요한 정보를 알아 갈 수 있기
에 업체 블로그지만 인기 블로거가 될 수 있다.

콘셉트가 확실한 멍젤라의 이웃들

제이챙 (blog.naver.com/dailyjey)

램블부부 (blog.naver.com/autolian)

mio (blog.naver.com/dmsql_0105)

블루밍나나 (blog.naver.com/bloomingnana1)

권감각 (vllollv.blog.me)

수하백화점 (blog.naver.com/mmm7962)

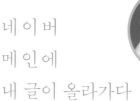
네 이 버
메 인 에
_____ 내 글이 올라가다

"오늘 열 개나 올렸으니 방문자가 더 많아지겠지?" 아이쿠! 이건 진짜 내가 초보시절 범했던 바보 같은 짓 중의 하나였다. 글을 아무리 올려도 방문자 수는 변동이 없었다. 자취생 이야기가 재미가 없는 건가 싶어서 네이버에 올라오고 있는 실시간 검색어의 핫이슈를 긁어 퍼오기를 시도했다. 인천에 살고 있을 당시 〈슈퍼스타 K〉가 한창 핫했기에 그 이야기들을 마구 담기도 했다. 우리 동네 주민인 허각을 길거리에 마주친 이야기를 비롯하여 하루에 몇 개씩 재미를 붙여서 마구잡이로 올려댔다. 속도가 붙고 재미가 나니까 퇴근 후에는 컴퓨터 앞에 앉아 글을 쓰는 것이 일상이었다. 그런데 아무리 해도 방문자 수는 늘어날 기미가 보이지 않았고, 블로그 글은 많아졌지만 아무런 재미를 느낄 수 없었다. 프롤로그 메인을 보면서 천하무적가연의 정체성을 잃어버렸다는 걸 알았다. 당시 나에게는 인천에 사는 친구들이 몇 있었는데, 그중 드라마쟁이, TV쟁이였던 건수라는 친구에게 연락을 했다.

"건수야, 내 블로그 한번 가볼래? 너 요즘 드라마나 TV 자주 보니까 내 블로그 가보고 글 한번 읽어봐."

남자사람친구였지만 이 친구는 나와 성향이 너무 잘 맞았다. 아니, 여자들과 성향이 잘 맞다고나 할까… 하하하! 어쨌든 내 블로그를 본 건수한테서 연락이 왔다.

"박가! 솔직히 말하면 굳이 니 블로그에 들어와서 보지 않아도 네이버 뉴스나 포털사이트에서 다 볼 수 있는 내용들이 많네. 다 아는 내용들이기도 하고, 솔직히 네 개인 블로그인데 TV 매거진스럽기도 하고… 자취생 이야기를 담은 네 이야기를 찾아 읽는 재미가 더 있는 거 같아."

그랬다. 나는 나를 배제한 채 글을 쓰고 있으면서 무조건 글을 많이 올릴수록 좋다고 생각했다. '블로그 잘하는 법'이라고 검색을 하면 많은 블로거들이 가르쳐주고 있는데, 나는 그걸 무시하고 있었다. 질보다 양이라고 생각한 게 큰 오산이었다.

건수의 말을 듣고는 내 블로그를 다시 한번 찬찬히 훑어보았다. 자취생 콘셉트가 무색하게 연예인들에 관한 이야기를 남발하고 있었다. 난장판이 된 느낌이었다. 그래서 쓸데없는 글들은 비공개로 돌리고 시간이 걸리더라도 하루에 하나씩 내 이야기만 올리기로 했다. 그러면서 가끔씩 공감되는 TV 속 이야기나 사회 이슈에 관해서는 철저하게 나의 개인적인 견해를 반영시켜서 글을 썼다. 남들이 쓴 뉴스 기사를 복사 붙이기를 해오는 것이 아니라 그 뉴스에 대한 나의 생각이나 그것과 관련된 여러 가지 생각들을 적었다. 신기하게도 그렇게 하니 차츰 댓글들이 늘어나고, 공감해주는 사람들도 늘어나면서 블로그가 안정화되어 갔다. 진짜 천하무적가연이 되어가고 있었다. 그렇게 재밌는 소재 거리를 찾다가 어느 날은 자취생이 할 수 있는 간단한 요리를 올리기로 했다. 밥은 어차피 하루에 한 번 집에서 해 먹었으니까 그 요리법을 하나씩 찍어서 꾸준히 올리면 되었다.

그리고 어느 날 아침, 꿀잠을 자고 일어나서 폰을 열어본 순간! 나는 내 눈을 의심할 수밖에 없었다. 하루에 기껏해야 100여 명이 오가던 블로그가 아침 8시경인데 방문자 수가 3천 명을 넘었다. 아… 내가 무슨 짓을 한 거야? 마음을 가라앉히고 내가 올린 글 중에 댓글이 많이 달린 글을 찾아보다가 깜짝 놀랐다. '자취생 요리' 중에 '까르보나라 떡볶이 만들기'가 네이버 메인에 소개되어 있었다.

네이버 메인에 소개된 천하무적가연의 블로그 글

대박 사건! 최고의 포털사이트 메인에 내가 쓴 글이 떡하니 올라가 있는 것이었다. 캡처 뜨고 완전 기념이라고 동네방네 소문내고 다녔다. 그 후로 나의 방문자 수는 껑충 뛰어올랐고, 이렇게 스스로 블로그 하는 법에 대해서 조금씩 알아가게 되었다.

그 일 이후로 지금까지 나는 하루에 한 번, 부지런쟁이가 되었고, 멍젤라 블로그는 하루에 한 번 찾아가는 매거진이 되었다. 아침에 눈 뜨면 도착해 있는 신문처럼 출근길 직장인들이 즐겁게 읽을 수 있도록 새벽에 글을 올리거나 아침 일찍 글을 예약해 두었다. 멍젤라는 엄청나게 부지런한 여자다. 하루에 한 번 글을 쓰는 것이 쉽지만은 않지만 이제는 이것이 생활이 되었고, 당연히 하루 중에 꼭 해야 하는 일이 되었다. 그러니 안 하면 뭔가 찝찝하고 기분이 이상했다.

블로그의 좋은 기능 중 하나가 바로 글 예약하기이다. 이것을 적절히 이용하면 부지런쟁이 블로거가 될 수 있다. 원하는 날짜, 원하는 시간대에 미리 예약을 해둘 수 있기 때문에 어딜 길게 출장을 가거나 여행을 가게 되면 나는 이 기능으로 하루에 한 건씩 글을 예약해둔다.

하루 적정량의 포스팅 수는? _____ 블로그에도 법칙이 있다. 블로그는 하루에 한 번 꾸준히 글을 올리는 것을 좋아한다. 하루에 5개, 10개 올리고 한 며칠 쉬고, 또 생각날 때 마구잡이로 올리다가 안 올리고 하는 것보다는 꾸준하게 글을 꼬박꼬박 쓰는 것을 좋아한다. 시간 난다고 몇 개씩 한꺼번에 다 올리는 것보다는 좋은 글을 하루에 1개씩 등록하는 것이 낫다.

"하루에 한 건 이상 올리면 안 좋나요?"

사실 이런 질문도 많이 받곤 한다. 뭐 딱히 이렇다고 정해진 것은 아니지만 하루에 3개 이상의 포스팅은 좋지 않다고 한다. 이미 3개를 올렸는데 급하게 다시 올려야 할 게 생겼다면 올려도 상관없다. 하지만 하루에 폭탄처럼 매일같이 글을 쏟아낸다면 사람들에게 여러분의 글이, 그리고 그 일상이 재미있기보다는 보고서처럼 보일 수도 있다. 되도록 글은 하루에 1~3개 정도로 올리는 것이 좋다.

블로그씨 질문 _____ 어떤 때는 정말 하루에 한 건의 글도 못 올릴 때가 있다. 나는 그럴 때 블로그에 하루에 한 번 질문을 해주는 네이버 '블로그씨' 질문에 대답을 하기도 한다. 블로그씨의 질문은 하루에 한 번 매일 다양하게 물어오기 때문에 정말 글감이 없을 경우에는 그것에 대한 포스팅을 하면 된다.

블로그씨 질문 중 괜찮은 대답으로 채택되면 네이버 블로그 카테고리에 내 블로그가 소개된다. 매주 블로그씨 질문 중 월요일과 수요일에 질문되는 'HOT TOPIC 도전'이라는 질문에 성심성의껏 대답하게 되면 블로그 방문자가 껑충 뛰어오르는 효과를 볼 수도 있다. 잘하면 내가 쓴 글이 메인에 소개되는 영광을 누릴 수도 있기에 블로그를 키우기에는 더 없이 좋은 기능이다. 하루에 한 건 글쓰기가 지친다면 블로그씨 질문을 놓치지 말자!

그리고 글을 쓸 때에는 일상과 정보들을 적절하게 섞어가며 하루에 한 건씩 골고루 올리는 것이 좋으며, 비슷한 주제의 글은 며칠간 혹은 좀 더 긴 시간적 간격을 두고 올리면 좋다.

나의 고등학교 베스트프렌드가 있는데, 그 친구는 멍젤라에 의해 세상에 마구마구 공개되고 있는 사람 중의 하나이다. 원쑤라고 애칭을 쓰는 나의 베프는 나와 함께 하는 시간이 많다 보니 내 블로그에 자주 등장한다. 그러다 보니 만나본 적도 없는데 알고 지내는 사람인 것 같다는 댓글이 많이 달리곤 한다. 덕분에 원쑤는 창원에서 쌩얼로 돌아다닐 수가 없는데, 긴 머리에 어딜 가도 눈에 띄는 늘씬쟁이 그녀를 알아보는 사람들이 은근히 많다. 실제로 내 이웃 중의 한 분은 백화점에서 밥 먹고 있는 원쑤를 봤는데 자기도 모르게 인사를 할 뻔했다고 한다.

어느 날 원쑤가 볼일이 있어서 동네 주민센터에 등본을 떼러 가게 되었다. 근데 창구 직원이 주민등록증을 보더니 깜짝 놀라면서 내 친구 얼굴과 민증을 번갈아 쳐다보고는 인사를 했다고 한다.

"아! 죄송해요. 혹시… 친구분이 그 블로그 하시는 분 맞으시죠? 멍젤라 씨."

"어!? 네, 맞아요. 어머 어떻게 아셨어요?"

"아… 저 그분 블로그 너무 즐겨 보거든요. 하루에 한 번씩 출근길에 매일 봐요. 버스 안에서 읽기도 하고 출근하고 나서 하는 첫 번째 일과일 때도 있고요. 근데 요즘 그분 무슨 일 있으신 거예요? 물어보고 싶은데 모르는 사람이기도 하고 그래서 예의가 아닌 것 같아서요… 대신 힘내라고 전해주세요. 그리고 매일 글 기다리고 있다고요."

"예, 꼭 전해 드릴게요. 제 친구가 요즘 바쁘기도 하고 마음적으로 힘든 일도 좀 생겨서 그런데 그래도 씩씩하게 잘 지내고 있어요. 꼭 말씀 전해 드릴게요."

친구가 주민센터를 나오면서 전화를 걸어와 했던 이야기이다. 이 이야기를 전해 들으면서 뭔가 가슴이 뭉클했다. 내 글을 기다려주는 사람이 있다니. 보잘것없는 나의 일상일 텐데 너무 재밌게 보고 있다고, 출근길에 내 글이 없으면 허전하다는 사람들이 생기니 완전 더 열심히 글을 쓸 수밖에 없었다.

내가 요즘 힘들어 보이는 게 걱정이라는 주민센터 직원의 이야기를 전해 듣고 나서, 즐겁고 신나는 일상만을 올리다가 힘들었던 요즘의 심경을 고백하는 글을 올리게 되었다. 생각보다 많은 사람들이 나를 걱정하고 있음에 감동을 받았다. 댓글들은 모두 다 그분의 심정처럼 나를 걱정해주었다. 좋은 일이 생길 것이다, 앞으로 행복하자 등등 나의 복귀를 축하해주고 즐거워해 주는 사람들이 너무나 도 많았다. 이것이 내가 블로그를 하는 이유이다.

멍젤라의 속닥속닥

포스팅 예약 걸기

글을 쓴 후, **발행** 버튼을 누르면 **예약 발행**이 보인다. 클릭하여 원하는 날짜와 시간을 지정한 후, **발행하기** 버튼을 누르면 그때 맞게 포스팅이 등록된다.

예약된 포스팅 글은 **저장** 버튼 옆의 숫자를 누르면 된다. 물론 예약 날짜 및 시간 수정이 가능하다.

블로그씨 질문 받기

설정은 **내 메뉴 – 관리 – 메뉴·글관리**에서 블로그씨 질문을 받거나 안 받거나 선택할 수 있다.

멍젤라는
소통의
_____ 여왕!

　　"멍젤라는 진짜 소통력 하나만큼은 최고인 것 같아.", "달아놓은 내 댓글 확인하려면 하루 종일 찾아봐야 할 것 같아."

　　내가 항상 듣는 소리다. 아, 지금은 너무 바쁘고 힘들어지는 바람에 그렇게까지 관리를 하지는 못하고 있다.

　　천하무적가연으로 활동하다 인천 생활을 접고 내려오는 순간 나의 블로그도 멈춰버렸다. 몸이 안 좋아서 모두 청산하고 내려온 터라 내 몸의 회복 말고는 아무 데도 관심이 없었다. 블로그의 B도 생각하지 못했고 손을 놔버린 지 1년여 가까이 되었다. 블로그를 새로 시작하자고 마음먹고 '창원의 30대 이야기'라는 콘셉트로 만든 것이 바로 멍젤라 블로그다. 블로그를 만들면서 기존에 소통하고 살았던 이웃들을 마구 찾아 나섰지만 그만둔 사람도 많았고, 새로운 닉네임과 1년의 공백이 서로를 낯설게 했다. 멍젤라를 개설하고 나서 한동안은 혼자 벽을 보고 독백하는 기분이었다. 다시 하얀 도화지에 글을 채워 넣어야 한다는 생각에 하지 말까 하는 생각을 몇 번이고 했다. 글을 채워 나가면서도 외로움과 적적함, 뭔가 블로그 세계에서 왕따가 된 기분이었다.

"이대로는 안 된다. 내 블로그는 커뮤니케이션의 장이 되어야 한다."

그래서 이웃을 만들기 위해서 마구마구 뛰어다녔다. 창원에 온 이상 창원 사람들과 먼저 친해져야 했다. 그래서 포털사이트에서 '창원 맛집'을 검색해서 나오는 블로그를 4페이지까지 하나하나 들어가서 댓글을 달았다.

"어머! 이 집 저도 가본 집인데요, 생각보다 맛있더라고요. 사진보니까 다시 가보고 싶네요ㅠㅠ"

"우리 어머니도 가게를 하시는데, 우와~ 여기 고깃집도 신선해 보이네요. 쌈 싸 먹어 볼래요. 호호!"

그들이 올린 글을 꼼꼼히 읽어가며 댓글을 달기 시작했다. 그리고 또 창원의 일상을 담고 있는 내 블로그에 공감할 수 있는 이웃을 '창원 가볼 만한 곳', '창원 데이트' 등으로 검색하여 공략했다.

　　이웃추가, 서로이웃추가 _____ 내가 100개의 블로그를 방문해서 댓글을 쓴다고 해서 100명이 다 내 블로그를 찾아와주지는 않는다.

　　블로그에 들어가서 프로필을 보면 '이웃추가'라는 글자가 보인다. 우선 용어에 대한 설명을 간단히 하자면, 이웃추가라는 것은 '친구추가'와 같은 것이다. 나는 너를 친구추가 하겠다, 네 글을 구독해보겠다는 소리이며, '서로이웃추가'라는 말은 나는 너를 친구추가 할 것이니, 너도 나를 친구추가 하라는 소리다. 나도 네 글을 구독하겠으니 너도 내 글을 구독하여 서로를 알아가자고 제안하는 것이라고 생각하면 된다. 어쨌든 프로필에 있는 '이웃추가'라는 글자를 클릭해보면 '서로이웃추가'가 눌러지지 않게 비활성화된 블로그도 있을 것이고, 멘트에 "서로이웃추가는 천

천히 해요~"라는 사람들도 있다. 소통부터 해서 당신을 알아간 이후에 나도 친구추가를 하겠다는 뜻이다.

이웃추가를 하면 블로그를 오래 했거나 방문자 수가 높은 블로거들은 대부분 답글을 해주러 내 블로그를 찾아온다. 그렇게 소통이 시작되면 주거니 받거니 일명 '블로그 품앗이'가 시작된다. 이것이 블로그에서 말하는 '소통'이다.

블로그라는 공간은 커뮤니케이션의 공간이다. 블로그는 사람마다 각자의 생각과 이야기를 담고, 이웃 간의 소통으로 이루어지는 공간이므로 혼자서는 할 수 없다. 인기 블로거들은 부지런하게 이웃들과 소통하는 사람이다. 소통을 위해서 그들은 자신들의 생각이나 이야기를 댓글로 남기고 표현한다.

다른 블로거들도 나처럼 하루에 한 번씩 자신의 이야기를 블로그에 담고 있다. 그들과의 소통을 통해 나는 해외여행을 하고, 서울 맛집을 가고, 남자친구의 이야기를 듣게 되고, 귀여운 고양이의 일상 이야기를 듣게 된다. 이것이 소통의 매력이다.

소통을 꾸준히 하다 보면 눈에 익은 닉네임이 되고, 그들과 마치 가깝게 알고 지내는 사이처럼 지낼 수 있게 된다. 물론 오프라인에서 실제로 만나 가깝게 지내는 경우도 많다.

블로그 이웃에서 실제 이웃이 된 '비정상회담' 멤버

나의 글을 좋아해 주는 이웃과 소통하면서 친해져서 블로그 모임이 만들어졌다. 이름하여 '비정상회담!'

'채핑', '영미쨩', '강나비', 그녀들과 이야기를 할 때면 웃음이 빵빵 터진다. 싸이월드 블로그에서 엄청난 유명세를 탔던 채핑, 그녀가 네이버에서 운영하던 블로그는 너무나도 재미있었다. 그녀의 블로그는 나와 같은 일상 이야기가 주를 이루고 있었는데, 창원에서 벌어지는 그녀의 일상 이야기와 너무나도 예쁘장하고 여성스럽게 생긴 그녀의 연애 이야기를 듣고 있노라면 시간 가는 줄 몰랐다.

영미쨩은 채핑이와는 블로그로 이미 알고 지내던 인맥으로, 영미쨩 역시 싸이 블로그에서 넘어온 부산에 사는 친구였다. 채핑이의 결혼과 출산 덕분에 영미짱을 실제로도 보게 되었고 그때부터 소통을 하며 친해졌다. 동갑내기를 만나는 것이 가장 반가운 블로그 세상에서 그렇게 이 둘을 알게 되었다.

사랑하는 동생 강나비 친구와는 재밌는 일화들이 많다. 강나비는 멍젤라 블로그의 팬으로, 나랑 만나고 싶다고 유쾌한 댓글들로 매력 발산을 하던 부산 사는 블로거였다. 소통을 하면서 실제로 오프라인에서도 만나게 되었는데, 너무나도 예쁘고 쭉쭉 잘빠진 그녀를 보고 단번에 정이 갔다. 따뜻한 마음씨에 정말 내가 친언니처럼 챙겨주고 싶은 마음이 들었다.

채핑이와 강나비는 블로그로 닉네임 정도만 아는 사이였는데, 그 둘의 결혼과 육아 시기가 비슷하여 서로 도움이 되겠구나 싶어서 소개해주었다. 이렇게 부산 사는 영미짱, 강나비, 창원 사는 채핑, 멍젤라가 모이면 웃기는 이야기들로 넘쳐났고, 블로그에서 알게 된 인맥이지만 실제로 더 많이 만나서 웃고 떠드는 그런 사이가 되었다.

그러던 어느 날 채핑이가 마카롱 가게를 부산에서 오픈하게 되면서 부산으로 이사를 가는 바람에 지금은 나 홀로 창원에 남게 되었다. 그래도 여전히 서로의 안부도 주고받고, 비슷한 시기에 육아를 시작한 세 사람은 자주 만

- 창원 카페 로맨스커피가 감동주던 어제, 고마워요:) (62)

- 마산 국화축제 2017년도도 활짝 폈네요! (35)

- 하루가 몽글몽글, 결혼적령기 여성들이여 사랑하세요! (105)

- 경주 1박2일 여행코스 멍젤라따라하기! (at 현대호텔) (50)

- 축하해주세요! 멍젤라 출판계약 완료했어요! (157)

멍젤라의 글에 달린 댓글의 수

나 육아에 대한 이야기도 공유하며 잘 지내고 있다. 머지 않아 나에게도 그들과 함께 결혼 생활과 육아에 대해서 수다를 떠는 날이 오리라. 하하하!

댓글 _____ 블로그는 이렇게 매력적인 공간임에 틀림없다. 멍젤라 블로그 글에 댓글을 달면 자신의 댓글을 다시 찾기 어렵다는 이야기를 할 정도로 나는 소통의 여왕이다. 나는 그들의 삶에 다가가서 그들의 글을 읽고, 댓글을 달고, 소통했다. 블로그가 잘되는 비결은 소통에 있다. 천하무적가연에서 다시 멍젤라로 살 수 있게 해준 것이 바로 소통이다.

앞서 나는 육아맘들이 블로그를 하면 좋겠다고 이야기한 적이 있다. 육아맘은 대화 상대도 없이 하루 종일 집

레시피가든 블로그 berrycats.blog.me/

에서 아기와 씨름하는 경우가 많다. 그러다 보면 결혼 전의 시절이 그립고, 살림만 하고 있는 자신의 처지를 비관하기도 한다. 결혼 안 한 친구들이 활기차게 사회생활을 하면서 자신의 인생을 사는 것을 보면 부럽기도 하다. 그렇게 오랫동안 육아 스트레스에 시달리다 보면 자칫 우울증이 올 수도 있다. 이런 육아맘들에게 블로그는 아기를 보면서 틈틈이 할 수 있는 좋은 취미 생활이다. 비슷한 또래를 키우는 엄마들에게서 육아에 관한 팁도 얻고, 수다를 떨면서 육아 스트레스를 날릴 수 있다. 그러면 우울증 따위는 근처에 오지도 못할 것이다.

TV에서 60대 할아버지가 블로그를 운영하는 것을 보았다. 아픈 노모의 이야기와 요리에 관한 글을 올리며 블로그를 운영하고 있었다. 그는 매일 요리를 하는데, 블로그 글은 2천 개가 넘었다. 한 여자를 위한 셰프. 그 할아버지는 치매에 걸린 어머니를 위해 매일같이 요리를 한다. 노모는 대장암이 발견되어 1년밖에 못 산다고 했지만 할아버지의 정성 어린 간호 덕분에 10년을 버티면서 93살 생일을 맞이했다. 그렇게 '스머프할배'라는 이름으로 활동하고 있는 할아버지의 블로그에는 이런 글이 있다.

"만약에 네이버가 없었다면 나는 지금 삼식이들과 같이 공원에서 화투나 장기를 두고 소일하고 있겠지… 한 우물을 파니 이렇게 원고도 쓰고 있지. 나는 정말 '네이버를 싸랑해요!' 할 수 있지. 징글맘 덕에 내는 그래도 출세했으니 이제 힘들어도 유종의 미를 거두어야지."

2016년 3월 9일에 쓴 '네이버가 스머프할배를 사람으로 만들었지'라는 글 속에 나오는 이야기이다. 할아버지는 여전히 블로거들과 소통을 하고 있고 진실성 있는 이야기를 담고 있다. 이제는 강연도 다니시고, 책까지 낸 작가님이 되셨다.

오늘도 나는 침대에 누워서 징글맘을 위해 요리하는 할아버지를 손녀의 눈으로 옆에서 지켜보다가 잠이 든다.

술술 읽히는
글을 쓰는
_____ 몇 가지 방법

블로거의 카메라 _____ 카메라는
블로그를 운영하면서 참 고민이었던 부분이다. 그 흔한 최
신식 디지털카메라 하나 없이 블로그를 할 수 있을까? 전
원 버튼을 누르면 쭉~ 하고 한참 후에나 주둥이가 튀어나
오는 고등학교 졸업 선물로 받은 디카로 그동안은 어떻게
든 해결하고 있었다. 아무리 봐도 나만큼 화질이 안 좋은
사진을 올리는 블로그는 없어 보였다. 심지어 요즘은 핸드
폰 카메라가 내 구닥다리 디카보다 좋았다. 그래서 멍젤라
로 이사를 하면서 큰맘 먹고 카메라를 한 대 사기로 했다.
온갖 카메라를 다 뒤져보니 DSLR들은 100만 원 가까이
되길래 혼자 마음을 훅 비우고 낮은 가격대의 렌즈호환식
카메라를 장만하기로 했다.

카메라 관련 사이트와 블로그를 뒤져가며 마음을 굳힌 것이 바로 소니 알파5000이다. 꺅! 나의 첫 카메라를 만나게 된 것이다. 미러리스라는 요 아이를 만나고 나서부터 포스팅은 하늘을 나는 것만 같았다. 진짜 비교도 안 되게 사진이 달라지니까 뭔가 더 전문적으로 보였다. 생전 댓글에 카메라 뭐 쓰냐고 물어보는 사람이 없었는데, 그 후로는 많은 사람이 물어볼 정도로 사진이 확 달라지긴 했다. 어느 날 보니 소니 알파 미러리스는 블로거들의 필수품이 되어 있었다. 역시 잘 샀어!

사실 나는 포토샵을 할 줄 알기에 기본적인 보정은 할 수 있었다. 쇼핑몰 근무를 오래 했기에 인물 사진이나 풍경 사진에 탁월했다. 색감 보정부터 인물 보정까지, 나와 단체사진을 찍으면 못생긴 사람도 예쁘게 나왔다. 가히 도깨비 방망이 같은 멍젤라의 뽀샵 실력이었다. 하하하! 물론 그래서 내 실물이 다르다고 하는 사람도 있다. 크크크!

어쨌든 포스팅에서 보여지는 것은 사진과 글이다. 어느 순간 사진에 욕심이 생기자 더 좋은 카메라로 더 좋은 사진을 찍고 싶었다. 블로그용 카메라는 사양도 좋고 언제 어디서나 꺼낼 수 있는 미러리스가 딱이었다. 사실 핸드폰으로 사진을 찍어서 포스팅을 하는 사람도 많이 있지만 그런 사진과 카메라 촬영을 한 사진은 한눈에 봐도 비교가 될 정도로 차이가 난다. 보기 좋은 떡이 먹기에도 좋다고 예쁘게 잘나온 사진이 있는 포스팅이 잘 읽혀지고 전문성이 있어 보인다. 네이버도 그런 사진을 더 좋아한다.

네이버에 등록되는 순간, 네이버는 이 사람이 어떤 카메라로 촬영했는지의 정보까지 긁어모은다. 사람의 눈에도 카메라로 촬영한 포스팅이 보기 좋듯이 네이버 역시 그런 사진들과 글을 더 선호한다. 네이버가 좋아하면 메인에 노출될 확률이 높다는 뜻이기도 하다.

나는 카메라 기능을 10분의 1도 활용하지 못한다. 8년간 블로거 생활을 해와도 카메라 오토모드를 꺼본 적이 없다. 하하하! 그런데도 카메라 뭐 쓰느냐, 사진 예쁘다 소리를 듣는 걸 보면 요즘 카메라 성능이 참 좋긴 좋은 것 같다. 가격대도 상당히 좋아서 30~40만 원대의 카메라면 충분히 확 바뀐 포스팅을 볼 수 있을 것이다.

4년여 써오던 소니 미러리스가 골동품이 될 정도로 부서지고 렌즈도 고장 나고 그 난리가 나고 나서야 다른 카메라로 옮겨 타게 되었다. 저렴한 가격대에 또 기능과 이쁨까지 더한 파나소닉 미러리스로 변신! DSLR을 갖고 싶긴 했지만 카메라 1도 모르는 내가 그 아이 간지나게 들고 다니면서 블로그를 위해 쓰려니 너무 오버하는 건가 싶어서 오토 기능이 빵빵하게 장착된 아이로 선택했다.

멍젤라의 카메라- 파나소닉 미러리스

　　블로거의 프로그램 ＿＿＿＿＿ 포토샵을 못하는 사람들
은 무료 프로그램인 '포토스케이프'를 네이버에서 검색해
서 깔아보자. 포토스케이프는 밝기, 대비, 채도 등 사진을
편집할 수 있는 기능이 너무 잘 되어 있고, 사이즈 줄이기
나 여러 가지 편집 기능을 다 갖추고 있다. 블로그 하는 사
람들의 대부분은 포토스케이프를 쓰기 때문에 블로그 검
색만으로도 여러 가지 기능들을 알 수 있다. 마음만 먹으
면 충분히 멋진 포스팅을 하는 블로거가 될 수 있다.

　　포스팅 글을 꾸미는 방법 ＿＿＿＿＿ 포스팅할 사진 자
료들이 구성되었다면 포스팅을 제대로 해보자. 내가 초보
때 썼던 글은 진짜 엉망진창이었다. 글을 쓰다가 강조하고
싶은 게 생기면 마구 글자크기를 키우고 색상을 바꾸고,
사진에 액자도 입히고 정말 지금 생각하면 대학교 때 만든

대자보와 같았다. 강조할 건 시뻘건 색, 무조건 크게, 나 지금 진지할 땐 궁서체, 하하하!

민망해 미칠 노릇이다. 지금은 블로그를 초기화시켜버려 그때의 글을 볼 수 없다는 게 약간 슬프기도 하지만… 어쨌든 포스팅은 깔끔한 도화지 위에 펜으로 또박또박 써 내려가는 글처럼, 그렇게 쓰는 것이 좋다.

글을 쓸 때는 같은 서체, 같은 느낌으로 하는 것이 좋다. 그러면서 강조할 부분은 글자크기와 색상을 변경한다. 한 포스팅에서 강조할 것이 많더라도 색상을 여러 가지를 쓰지 말고 같은 색상으로 글자크기를 조정하는 것이 좋다.

블로그를 시작하여 '포스트 쓰기'를 누르면 기존에 쓰던 방식과 스마트 3.0 버전이 나오는데, 스마트 버전으로 쓰는 것이 좋다. 최신 버전이 글자체와 글자크기 지정이 편리하며, 사진 편집이나 추가 등도 더 편리하다.

보기 좋은 포스팅이 읽기에도 좋다. 사람들이 술술 읽어 내려갈 수 있는 포스팅을 하는 것이 인기의 비결이다.

포스팅용 사진의 크기 _____ 여기서 팁을 하나 더 주면 아직 PC에서 블로그를 보는 사람들이 많기 때문에 올리는 사진의 사이즈에 신경을 써야 한다. 모바일에서 볼 때는 한눈에 쏙쏙 들어와서 문제될 것이 없다. 세로 사진을 업로드 할 경우에 가로 사이즈 최대 900이나 740 픽셀 사이즈로 올리면 PC 화면에 꼭 차게 올라간다. 셀카의 경우 포스팅을 읽다 보면 헉! 하고 놀랄 때가 있다. 보통 포스팅을 할 때 주로 가로 사진을 쓰게 되는데, 그 사이에 올리게 되는 세로 사진은 900 가로 사이즈일 때 500에서 600 정도가 적당하다. 그러면 PC에서 봐도 예쁘게 보이는 사이즈다. 물론 모바일은 알아서 조정되니 신경 쓰지 않아도 된다. 나 같은 경우는 세로 사진 셀카를 찍을 경우 일부러 두 장을 찍어서 두 장을 옆으로 붙여 올린다. 그렇게 되면 900 사이즈에서 다른 세로 사진 두 장을 한눈에 볼 수 있어서 편하다. 아… 나의 일급비밀 셀카 올리는 법을 이렇게 알려줘 버렸네.

그리고 하나 더, 육아 블로그를 운영하는 엄마들에게 바라는 사항이다. 블로그를 아이의 성장 앨범으로 만드는 것은 좋은 일이다. 하지만 아이가 사랑스럽다고 너무 많은 사진을 올리는 것은 바람직하지 않다. 아이 사진으로 도배만 되어 있는 포스팅은 할 이야기가 없다. 아이와 벌어졌던 일상의 에피소드, 그 속에 묻어난 이야기들을 재밌게 담아내어야 소통할 이야깃거리가 생긴다.

부모 마음에는 우리 아이가 세상에서 제일 예쁠 것이

다. 그렇더라도 글의 내용과 어울리는 사진들만 올리고 나머지는 외장하드나 클라우드 같은 곳에 보관해둘 것을 권장한다. 나 역시도 아기 사진이 80%인 포스팅들을 보면 스크롤을 쓱- 쓱- 내리다가 훅 빠져나오는 경우가 많다. 과하면 좋지 않다. 물론 아이 사진뿐만 아니라 사람들의 관심이 없는 주제를 쓰게 될 경우도 마찬가지다. 아… 가만 보자. 멍젤라도 롯데자이언츠 사진 좀 적당히 올려야겠다. 아… 내 셀카도 좀 적당히 올려야지… 푸하하!

지금까지 닉네임 정하기, 카테고리 정리, 글쓰기 방법, 블로그 꾸미기, 소통하는 법, 그리고 포스팅 사진까지 블로그 운영에 필요한 기본적인 사항들은 알아보았다. 직접 블로그를 운영하다 보면 내가 한 소리들이 무슨 소린지 알 것이다. 직접 해보는 것이 제일 좋은 공부이다.

 멍젤라의 속닥속닥

블로그 포스트용 사진

1. 사진 사이즈는 가로 사이즈 900 픽셀 이상이 좋다. 질이 좋은 사진을 사람들은 좋아한다.
2. 세로 사진은 가로 사이즈 500~600 픽셀 정도가 적당하다. 너무 크면 모바일 화면에서 내 얼굴만 덩그러니 뜨는 경우가 생긴다.
3. 포스팅 사진을 올릴 때 주의할 사항은 너무 자신의 셀카 혹은 육아맘의 경우 아이 사진만 나열하지 않길 바란다. 당신의 얼굴에 관심이 있어서 오는 사람은 거의 없다. 정보를 담는 사진을 넣자.

언 제
글 을
_____ 올 려 야 할 까?

포스팅 시간 _____ 똑똑똑! 택배
왔습니다! 흐앙. 왜 맨날 택배는 내가 없는 시간에만 오는
거야? 집을 나서자마자 전화로 택배 왔다고 한다. 택배 아
저씨의 법칙이라도 있는 건가, 희한하게도 안 맞춰진다. 우
리 집 창고에 맨날 박스를 쌓아주고 가는 산타클로스 같은
택배 아저씨는 어떤 사람인지 궁금할 정도다.

택배는 기사님의 앞선 배달이 끝나는 대로 오는 것이
라서 정확한 시간을 알기가 어렵다. 물론 요즘 우체국 같
은 경우는 언제쯤 방문한다는 문자가 오긴 한다. 그러면
기다리는 물건이면 두근거리며 집에서 대기하고 있다.

블로그가 그렇다. 매일 아침 조간신문은 우리 집 앞에
와있다. 신문을 펼치고 나라 안팎에서 일어난 일들을 보면

서 하루의 일과를 시작한다. 이처럼 블로그도 정해진 시간에 글을 올리면 매일 기다리는 사람이 생기게 된다.

그러면 언제 글을 올려야 할까? 사실 포스팅 시간에 대한 정확한 답은 없다. 자신이 아직 초보자라면 통계를 유심히 살펴보라. 그러면 언제 방문자가 많이 오는지를 알 수 있다. 천하무적가연의 경우 저녁 6시부터 8시 사이에 방문자 수 그래프가 높았다. 왜지? 고민을 해봤더니 자취생 음식 만들기는 그 시간에 사람들이 저녁 준비를 하기 때문이었다. 그리고 아침 출근길 시간에도 많았다. 그 다음으로는 야심한 12시부터 1시 사이였다. 다들 잠들기 전에 폰을 들고 이곳저곳 훑어보다 잠이 드는가 보았다.

여기서 중요한 팁 하나를 또 던져야겠다. 네이버 블로그에 글을 쓰고 나서 바로 검색을 해보면 내 글이 안 보인다. 그럴 수밖에 없다. 네이버에서 검색 결과에 반영하는 시간은 포스팅 후 30분 뒤부터이기 때문이다. 포스팅을 한 후 느긋하게 기다리면 한 시간 정도 후에는 내 글이 검색된다. 물론 처음부터 상위에 랭크된다는 소리는 아니고, 꾸준하게 글을 쓰다 보면 상위에 꽂힐 날도 있다. 검색 결과는 검색어와의 정확도를 비롯하여 최근 글을 기준으로 상위에 랭크하게 된다. 아무리 좋은 글이라도 옛날 글은 슬슬 밀릴 수밖에 없다.

이러한 것을 감안한다면 시간 공략은 어떻게 하는 게 좋을까? 포스팅을 하면 한 시간 후부터 사람들이 많이 들어온다. 그래서 자취생 음식은 4시경에 쓰기로 했다. 자취생 음식이라고 해봤자 편의점이나 슈퍼에서 구할 수 있는 재료들이 대부분이니까 그 시간에 올리면 준비할 시간적 여유도 충분할 것 같았다. 그리고 나의 일상이나 하루에 있었던 주절거림은 야심한 시간인 0시에 예약을 걸어두고 올렸다. 뭐 어차피 출근길 시간에 보는 사람들은 새벽에 올려놓으면 그 시각에 그 글을 볼 것이고.

그렇게 꾸준히 운영을 해보기로 했다. 신기하게도 클릭률은 저녁 시간이 되자 확실하게 티가 났다. 시간을 통해서 공략을 하는 방법은 확실히 효과가 있었다. 초보라서 가능한 일이었다.

물론 지금의 멍젤라 정도의 많은 글이 쌓여 있는 경우라면 여러 시간대에서 사람들이 원하는 글을 보고 있기에 시간 배분을 이렇게까지 철저하게 하지 않아도 된다. 그래도 기본적인 시간대에 들어오는 사람들의 수는 거의 비슷하게 맞아떨어진다. 하지만 초보 블로거의 경우에는 다르다. 시간대에 어떤 글들이 오르고 상위에 랭크되느냐에 따라서 하루 방문자의 수가 들락날락하기 때문이다. 초보자는 처음부터 시간대 공략을 해가며 글을 등록하는 것이 좋다. 그러다 보면 노하우가 생길 것이다. 내 블로그의 어떤 글들이 인기가 있는지 감이 온다는 소리이다.

자신의 블로그가 파악이 되고 나면 시간은 자유자재로 가지고 놀 수 있다. 시간 공략은 어느 정도의 글을 쓰고 난 후부터 통계치가 생성되기 때문에 일주일 치, 한 달 치를 대략 분석한 후에 그 시간대에 맞는 글을 한두 시간 전에 올리는 것이 좋다.

꾸준하게 일정한 시간대에 글을 올리면 사람들이 내 블로그를 방문하는 시간도 일정해질 것이다. 꼬박꼬박 하루에 한 번 글을 쓰되 시간도 지켜가며 쓰는 게 좋다.

멍젤라의 블로그는 많은 이웃들이 글을 보고 있다. 현재 약 9,400여 명 정도가 내 글을 읽어주고 있는데, 그중에는 나의 글이 올라오는 시간을 파악하고 있는 이웃들도 있다. 멍젤라의 글은 밤 12시가 땡! 하면 등록되는 경우가 많다. 그 시간은 하루를 마무리하는 시간이기도 하지만, 시작하는 시간이기도 하다. 블로그에는 예약 기능이 있어서 이렇게 일정한 시간대에 올리는 것이 어려운 일은 아니다. 그런데 가끔 이러다가 까먹고 미리 예약을 못 해놓는 경우가 생기는데, 다음날 새 글을 쓰기 위해 블로그에 들어가 보면 내 글을 기다리고 있는 이웃들이 생각보다 많다는 사실을 알게 된다. 그들은 이전 날 마지막 글에 댓글을 달아

놓곤 한다.

"젤라님 무슨 일 있는 건 아니죠? 오늘은 글이 안 올라왔네요! 하루도 파이팅하세요."

이런 댓글을 보면 씩~ 엄마 미소가 지어지곤 한다.

아, 물론 이런 댓글을 위해서 일부러 안 쓰는 경우는 없다. 오해는 하지 말아줬으면 좋겠다.

그리고 새로운 글을 얼른 작업해서 올리면 진짜 너무나 반가워해 준다. 그래서 신나게 댓글에 답변도 달고 이웃들의 글도 보러 가게 된다. 나는 그 시간이 너무 즐겁다. 내 글을 보고 사람마다 느끼는 마음은 다르다. 사람들마다의 시각 차이를 알아간다는 것도 블로그를 하는 묘미 중의 하나이다.

블로그를 운영한다는 것은 습관이 되기 전까지는 너무나도 힘든 일이다. 하루에 한 번 일기를 써야 했던 대한민국 초등학교 과정을 거친 모든 이들은 이 말에 공감할 것이다. 방학 중에 죄다 미뤄놨다가 한꺼번에 왕창 쓸 수라도 있으면 참 좋으련만, 이 공간은 그렇지가 않다. '참 잘했어요' 도장을 찍어주는 선생님보다 냉정한 로봇이다. 하루에 한 번 꾸준하게 글을 쓰지 않으면 미움을 받는다.

하루에 한 번 그것도 같은 시간대에 글을 올리는 게 어렵다고 구시렁대는 사람이 분명 있을 것이다. 하지만 이러한 것이 일상이 되고, 외출할 때면 저도 모르게 손에 쥐어진 디카를 발견하는 날이 올 것이다. 그렇게 되면 시간을 정해놓고 자연스럽게 컴퓨터 앞에 앉게 될 것이다.

멍젤라 택배! 가까운 네이버에서 '멍젤라'를 검색해주세요! 하루에 한 번 즐거움을 배달합니다.

멍젤라의 속닥속닥

적당한 포스팅 시간 찾기!

자신의 블로그에 언제 사람들이 많이 오는지를 아는 것이 중요하다. 블로그의 **관리－통계**에 가면 내 블로그에 누가 어떻게 유입했는지의 정보를 알 수 있다. **사용자 분석**에서 **시간대별 조회수**를 클릭하면 언제 사람들이 많이 오는지를 알 수 있다. 그 시간대에 맞춰 포스팅을 하는 것이 가장 좋다.

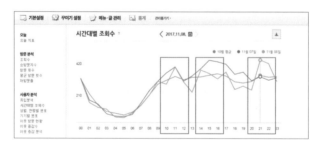

이벤트는
블로그를
_____ 춤추게 한다

"안녕하세요~ 저는 맛집 패션 뷰티 블로거입니다. 놀러왔다가 좋은 글들이 보여 서로이웃 신청합니다! 앞으로 자주 소통하고 싶네요~ 감사합니다."

초보 때는 그저 서로이웃 신청이 반갑고 좋았다. 기본 멘트인 '서로이웃해요~♡'가 너무 반갑기만 해서 무조건 다 받아줬다. 근데 그게 위험한 일인지 그때는 몰랐다.

이웃을 늘리기 위해서는 내가 개인 블로그를 찾아가서 직접 신청하는 것이 가장 안전하다. 그리고 정말 나와 소통하고자 하는 사람인가를 알아보아야 한다. 저런 서로이웃 멘트가 날아온다면 무작정 받지 말고 그 블로그를 찾아가보자. 그 사람의 글을 잘 살펴볼 필요가 있다. 정보 글만 가득하다든가, 일상 글이 보이지 않고, 있더라도 사진 3장 이상 넘지 않는 대충 쓴 글이 수십 개에 이른다면 무조건 거절해라. 그건 광고 블로그로 이용하기 위해 최적화를 만들고 있는 광고사의 수작인 경우가 대부분이다. 대충 전체적인 글의 흐름을 살펴본 후, 개인 블로거라면 이웃신청은 마음껏 받아도 좋다.

이벤트 _____ 이웃이 별로 없었을 때 나는 이벤트를 열었다. 정말 좋은 예의 하나이기도 했고, 내 블로그를 활성화시키기에는 최적의 방법이기도 했다. 내가 잘할 수 있는 것, 내가 줄 수 있는 선물은 무엇일까를 고민하다가 몇 번의 이벤트를 열었고, 그중에서 가장 인기 있는 이벤트가 바로 재능기부라는 걸 알게 되었다.

이벤트를 하는 방법은 먼저 나와 나의 블로그에 대한 소개를 하고 이벤트 제목과 기간, 참여 방법을 정하면 된다. 이벤트의 종류와 선물은 운영자 마음이다. 이웃들 중에는 끝말잇기나 3행시 짓기 이벤트를 하는 분들도 많이 보았다. 선물을 보면 엄청 좋은 것들도 많이 있다. 화장품, 생활용품, 육아용품, 기프티콘 등등! 이벤트를 하면 생각보다 많은 이웃들이 생기고, 내 블로그가 많이 알려진다.

- 제목: 우리 친구해요! – 멍젤라의 이웃 늘리기!
- 일시: 10월 말까지!
- 방법: ① 이웃추가를 한다.
  ② 글을 스크랩해가고, 스크랩된 URL을 댓글로 달고 한마디 써주세요!
  ③ 비밀댓글로 URL 댓글 아래 자신의 글에 이름, 연락처를 적어주세요.
  ④ 소통을 마구마구 해주세요!
- 선물: 1등 – 홈페이지형 블로그 디자인(1명)
  2등 – 이미지형 블로그 디자인 (3명)
  3등 – 블로그 댓글 & 공감 배너 (5명)
  4등 – 이미지 서명 (5명)
  응원상 – 기프티콘 (3명)

멍젤라는 재능기부 이벤트로 많은 사랑을 받고 있다. 그로 인해서 늘어난 이웃들도 많고, 그때의 인연이 쭉 이어져 계속 소통하는 사람도 많다. 내가 꾸며준 블로그로 열심히 활동하는 이웃들을 볼 때면 엄청 뿌듯하다.

그런 이벤트에 참여하는 사람들 대부분은 정말 그 선물이 필요해서이다. 정말 간절히 원하는 사람들은 그 이벤트가 끝나기 전까지 꾸준히 소통을 해준다. 그러다가 정말 친해져서 이벤트가 끝나도 친한 '서로이웃'이 되는 경우도 더러 있다. 물론 이벤트헌터들도 가득하다. 이벤트만 참여

하고 그 기간에만 반짝 활동하다가 사라지는 이웃들이다. 서글프지만 사람의 마음이 다 같을 순 없기에 그냥 기분 좋게 넘겨버리면 된다.

혼자서 이웃을 찾아가는 데는 한계가 있기 때문에 멍 젤라는 이웃을 늘리기 위해서 이벤트를 시작했다. 여러분도 자신의 재능이나 선물로 이벤트를 진행하면 많은 이웃을 얻을 수 있을 것이다. 이벤트를 하게 되면 참가하는 이웃들이 자연스럽게 내 글을 퍼가게 되고, 내 블로그가 마구 소개된다. 그렇다 보니 자연스럽게 나에게 이웃신청을 해오는 사람들도 늘어나고, 내 글에 댓글도 마구마구 달리게 되는 1석 2조의 효과를 얻을 수 있다.

재능기부 이벤트를 쭉~ 하다 보니 즐거운 일들이 참 많았다. 많은 이웃들이 내가 선물해준 블로그 스킨을 잘 쓰고 있는 걸 보면 기분이 좋았고, 바란 건 아니지만 보답으로 엄청난 기프티콘이 내게 쏟아지기도 했다. 내가 좋아서 시작한 이벤트였지만 내가 오히려 더 많은 선물을 받게 됐다. 나는 그저 이웃을 늘리기 위해서 한 것이었는데 나보다 더 의미 있게 생각을 해주니까 큰 영광이었다.

블로그가 조용해졌다 싶으면 멍젤라는 이벤트를 연다. 이벤트는 이웃을 늘리기 위한 수단이기도 하지만 내가 남에게 도움을 줄 수 있다는 것 때문에 기분이 좋다. 그리고 나 역시도 이웃들의 이벤트가 열리면 적극 참여한다. 평소에 소통을 잘해오던 이웃이라면 응원을 위해서라도 열심히 해주는 편이다. 스크랩이란 것도 적절히 활용하게 되면 참 좋은 도움이 되기 때문에 서로에게 좋은 것이 바로 이벤트이다. 이웃이 이벤트를 여는 것은 새로운 이웃들과의 소통을 위한 것이 클 테니, 먼저 인사 나누는 법도 필요하다.

나의 천하무적가연 시절에는 그런 이벤트가 있다는 것조차도 몰랐고, 선물을 뭐로 해야 할지 몰라서 직접 내 돈을 써가며 사주기도 했다. 그렇게 하는 것은 한계가 있기에 그것보단 자신의 재능을 이용하여 재능기부를 하는 것이 좋다. 그리고 평소에 사두었거나 선물 받은 생활용품이나 화장품이 많다면 아직 쓰지 않은 새것을 나누어 줘도 좋다. 모든 것이 이벤트 상품이 되고 선물이 된다.

그냥 '무료드림' 같은 것을 해도 좋지만, 이벤트를 열면 이웃도 쌓이고 소통도 쌓이고 내 블로그도 알리면서 원하는 사람에게 선물까지 줄 수 있으니 정말 좋다.

최근에 열린 이웃의 이벤트 중에 기억나는 것이 있다. 가게 오픈을 준비 중인데 가게 이름을 지어달라는 것이었다. 선물은 그 가게가 오픈하면 이용권과 함께 직접 구운 마카롱을 보내주겠다는 것! 와, 완전 참신해서 나도 참여를 했다. 결과는 떨어지긴 했지만, 그러한 아이디어를 요구하는 이벤트도 너무나도 좋은 것 같다. 어려움이 있을 때 많은 사람들이 머리를 맞대면 좋은 결과가 나올 수 있기 때문이다.

나는 새로운 이벤트를 시도했다. 바로 이 책의 이름 짓기였다. 그 이벤트의 댓글에는 약 60여 이웃들의 아이디어가 달렸다. 이 얼마나 대단한 일인가. 이벤트 하나로 많은 이웃들의 아이디어를 얻어낼 수 있다는 것이 놀랍지 않은가! 어디에서 이런 설문 조사나 아이디어를 얻을 수 있겠는가? 사실 이벤트 응모자 중에는 그것과 관련한 전문적인 지식을 갖춘 사람도 있어 정말 좋은 결과를 가져올 수도 있다.

이벤트를 하면 블로그에 활력이 솟는다. 이벤트를 벌이는 동안에 내 블로그는 진짜 5일장 한복판에 서 있는 것처럼 사람들로 복작거린다. 멍젤라 책의 제목은 무엇이 될지, 이벤트가 진행 중인 지금까지도 궁금하다.

멍젤라에게는 매일이 이벤트이지만, 그들에게는 나의 재능이 절실하게 필요하다. 나는 이벤트를 통해서 소통하는 이웃이 늘어서 좋고, 그들은 나의 재능을 얻어서 더 좋다. 그렇게 이웃들은 점점 더 늘어나고 많은 소통이 이루어지면서 나의 블로그가 널리널리 알려지는 것이다.

재능기부 이벤트 하던 날

대박났던 나의 재능기부 이벤트, 아직도 나는 뿌듯하다. 재능기부 덕분에 친해진 이웃들도 많아졌어요!

1 재능기부 이벤트로 친해진 이웃들이 많다.

2 변화된 이웃들의 블로그를 보면 여전히 뿌듯뿌듯!

_____ 이제 초보 티는 벗었다! 본격적으로 블로그를 여유롭게 즐겨볼까? 대체 방문자가 많은 인기 블로그는 어떤 특징이 있는 거지? 대체 어떻게 했길래 이 글이 인기 글이 된 거지? 아, 너무너무 궁금하잖아!

초보 때는 글쓰기에 급급하고 사진 때문에 골머리를 앓았다면 이젠 심화 과정이다. 글쓰기가 여유로워졌다면 내 글을 좀 더 다듬고 멋지게 꾸며보자. 대체 키워드가 뭐 길래 울고 웃는 건지, 내 블로그가 인기 블로그로 거듭날 수 있는 법은 뭔지?

멍젤라의 이야기는 오늘도 계속된다!

잘 지은
제목이
_____ 인기글을 만든다

?
풀이채널
키워드
[keyword]

키워드 _____ 포털에서 '키워드'
라는 단어를 검색해보면 '데이터를 구별하여 식별하기 위
한 특수한 단어', '정보 검색의 색인 역할을 하는 극히 요약
된 타이틀 성격의 단어 또는 문장' 등으로 설명하고 있다.

블로그에서 키워드는 중요하다. 대체 이 블로그는 어
떤 글이 인기글인 거지, 왜 그 글을 등록한 사람이 많은데
이 사람 글이 상위 1위에 랭크된 거지? 궁금함 터지는 질
문들이 한두 개가 아닐 것이다. 나도 초보 때 그랬으니까.

머리를 쥐어뜯어 가며 이렇게도 써보고 저렇게도 써
보고 미친 듯이 써보다가 발견하게 된 사실이다. 대체 키
워드라는 것이 뭐가 그렇게 중요하길래 블로그 고수들도
어렵다고 하는 건가? 글을 쓸 때는 평생 고민해야 하는 것

이 바로 '제목 정하기'라는 사실을 알기까지는 엄청난 시간이 걸렸다.

천하무적가연이 글 쓰는 것이 술술 풀리기 시작하고, 사진 찍는 것도 요령이 생길 즈음, 왜 생각보다 많은 사람들이 오지 않는지에 대한 고민이 시작됐다. 자취생 요리가 분명 인기가 많긴 한데 왜 더 많이 유입되지 않는 걸까? 어느 날부터 욕심이 나기 시작하면서 내 마음먹은 대로 안 된다는 것이 답답하고 짜증도 났다.

"아, 그럼 사람들이 검색할 것 같은 키워드를 제목에 다 써보면 어떨까?"

자취생 요리를 검색할 테지만 여러 가지 검색어로 검색해서 올 테니까 그럼 더 많이 얻어걸리지 않을까? 그래서 크림파스타를 만드는 것을 열심히 찍고 글을 썼다.

제목: 자취생요리/크림스파게티 만들기/간편요리/스파게티요리/까르보나라 만들기/자취생 간단요리

캬~ 이 얼마나 멋진가! 저 중에 하나는 검색해서 내 글을 읽게 되겠지 하는 생각으로 뿌듯해하였다. 그런데 아무리 시간이 지나도 글을 읽는 사람들이 생각보다 없었다. 그럼 또 다른 리뷰를 써보지 뭐.

제목: 자취생 필수품/자취생 생활용품/5단서랍장/화이트 원목 서랍장/5단 원목서랍장/5단서랍장 추천

자취생들에게 필요한 생활용품을 리뷰하면서도 사람들이 검색할 것 같은 키워드들을 모조리 제목에 썼다. 물론 구분선도 해놨으니 저 중 하나는 클릭해서 들어오겠지. 꾸준히 쓰다보면 괜찮아질 것이야. 본문만큼이나 제목도 긴데 설마 저 중에 하나는 클릭당하지 않을까?

응, 아니었다. 그냥 대답은 아니다이다. 그 누구도 내 글을 클릭하고 싶지 않아 했다. 그래서 비슷한 글을 쓰는 블로그와 인기 블로그에 접속해봤고, 요리로 유명한 블로그도 방문해봤다. 어라… 내 것과 완전히 다르네.

"아! 욕심을 버려야 하는구나. 이 사람들은 이렇게 쓰는데도 방문자가 이렇게 많구나."

내 무릎을 탁 치게 하는 제목이었다.

제목: 크림파스타 만드는 법, 날 따라 해봐요!

저 글이 1위라는 사실이었다. 저 사람이 저 글로 엄청난 독자가 있다는 것이 신기할 따름이었다. 사실 이해도 되지 않았다. 뭔가 제목이 아깝다는 느낌도 들었다. 저

블로거는 키워드를 '크림파스타 만드는 법'이라고 잡았다. '까르보나라'라는 고급진 단어도 있지만 일반 평범한 사람들은 크림파스타라는 말을 많이 쓰기 때문에 그렇게 공략하여 썼던 것이다. 그 외 모든 욕심나는 키워드는 하나도 넣지 않은 채로 저렇게 인기글이 되어 있었다. 거기서 깨달았다. 나와 확연히 차이 나는 제목에 당황했지만 나도 도전해보기로 했다. 얼마 전에 크림파스타 만들기를 올렸으니까 조금 변형을 해보기로 했다. 호박을 하나 사다가 전자레인지에 돌린 후 속을 파서 그 속에 크림파스타를 넣은 나만의 특별한 크림파스타를 만들었다. 사진도 열심히 찍고 맛있게 먹고 포스팅을 하려고 앉았다.

제목: 자취생 간단요리 크림파스타의 변신

아… 제목을 오억 번 고민했다. 키워드를 자취생 간단요리로 잡을지, 크림파스타 만들기로 잡을지, 까르보나라로 잡을지, 모두 다 쓰고 싶은 마음은 굴뚝같았지만 허벅지 꾹꾹 꼬집어가며 하나만 선택하기로 했다.

그리고 나는 내 눈을 의심할 수밖에 없었다. 네이버 메인에는 블로그라는 카테고리가 따로 있었는데, 그곳에 '오늘의 TOP'이라고 음식 부문에서 인기글로 선정되어 올라가 있었다. 며칠이 지난 후 그 글은 완전 대박이 났다. 네이버 메인화면에 뜨게 되었다. 반응은 가히 폭발적이었다. 이건 진짜 소설도 아니고 꾸며낸 이야기도 아니다. 방문자 수는 하루에 몇만 명이나 들어왔고 글을 퍼가는 사람, 댓글을 다는 사람, 그 글 외에도 내 자취생 요리를 구경하러 와서 댓글을 다는 사람들이 늘어났고, 천하무적가연은 진짜 천하무적이 되었다. 내가 멍젤라가 되기까지 참 많은 교훈을 줬던 천하무적가연이었다.

키워드는 이렇게 중요하다. 네이버는 포털사이트, 검색 사이트로 매우 유명하다. 네이버에서 정말 많은 사람들이 검색을 통해 정보를 찾는다. 그것을 공략해야 한다. 그리고 가장 중요한 것은 욕심을 버려야 한다. 여전히 초보 블로거들의 글을 보면 나의 순수한 시절처럼 마구 슬러시를 쳐놓고 키워드를 남발하는 것을 보게 된다. 그러면 마구 뛰어가서 말리고 싶은 마음이 울컥한다.

제목만 잘 정해도 절반은 성공이다. 그 제목에 맞게 글을 재밌게 써보자. 시간과 정성을 들여서 쓴 글, 그리고 고민한 흔적이 보이는 제목이라면 충분한 보답이 이루어질 것이다. 키워드 욕심을 버리고 자신이 꼭 그 글로 전달하고 싶은 키워드 하나만 메인으로 잡자. 그게 답이다.

또 한 가지의 팁을 풀어주자면, '연관검색어'와 '자동완성기능'을 잘 이용해야 한다는 사실이다. 예를 들어 지금 검색창에 '경남 캠핑'이라고 쳐보면 검색어를 쓰는 중에 그 밑으로 쭉 펼쳐지는 '자동완성기능'이 보이는데, 거기에는 '경남 캠핑장', '경남 캠핑장 추천'이라는 글이 두 개 더 뜬다. 경남 캠핑장을 검색을 해보자. 그럼 검색 후에 보이는 연관검색어에 엄청난 단어들이 쭉 나열되어 있다.

연관검색어: 부산 무료 캠핑, 경남 낚시 캠핑, 경남 오토캠핑장, 경남 오토캠핑, 경남 가을 캠핑

너무 욕심 부리지 말고, 메인 키워드를 '경남 캠핑장'으로 잡을 마음이었다면 서브 키워드를 연관검색어에서 하나 더 골라보자. 나라면 어땠을까?

제목: 경남 캠핑장 가을 캠핑 떠날까요!

메인 키워드에 경남이라는 글자가 있어서, '경남 가을 캠핑'이라는 연관 키워드에 경남을 중복할 필요가 없어 이렇게 적은 것이다. 이렇게 하면 '경남 캠핑장'과 '경남 가을

캠핑' 두 가지를 공략할 수 있다. 사실 경남 캠핑장이라는 단어 자체가 많은 사람들이 올리고 있는 일명 센 키워드라서 서브 키워드를 공략하는 것도 나쁜 것은 아니다.

인기 키워드 찾기 _____ 키워드를 정하는 방법은 몇 가지가 더 있다. 그중 하나는 네이버 검색광고 사이트를 이용해서 사람들이 많이 찾는 키워드 1위와 2위를 공략하는 법이다. 하지만 이런 것은 일상 블로거들에게는 조금 귀찮은 일일 수도 있다.

일상 블로거들은 연관검색어와 자동검색기능을 적절히 활용하고 볼 줄 아는 능력만 가진다면 많은 방문자를 유도하는 제목을 정할 수 있을 것이다.

내가 쓴 글 중에 '창원 애견카페 호텔에 셀프목욕까지!? ○○○○○○'라는 글이 있다. 이 글을 클릭해서 들어오는 사람들은 '창원 애견카페', '창원 애견호텔', '창원 애견셀프목욕'이라는 세 가지의 키워드를 검색했을 때 1위에 있는 내 글을 보고 들어온다. 제목 하나에 세 개의 키워드를 잡아버린 것이다. 어떤 식으로 어떤 사람이 검색을 해서 들어올지는 아무도 모르기 때문에 제목만 잘 쓴다면 키워드를 남발하는 블로그로 보이지 않고 최대한 자연스럽게 글을 쓸 수 있다.

　내가 지금 하는 이야기가 아직도 어려운 사람들이 있을 것 같다. 간단히 정리하면 욕심을 버려야 한다는 것이다. 메인 키워드만 잘 잡으면 그 글은 인기글이 될 것이다.

　　제목의 글자 수 ＿＿＿＿＿　제목의 글자 수는 웬만하면 15자를 넘지 않는 게 좋다. 간결하게 사람들이 궁금해하는 제목을 쓰라. 클릭을 받을 수 있는 제목이 좋은 제목이다. 검색 시 2위, 3위에 걸리더라도 1위보다 더 끌리게 제목을 쓰라는 소리다. 궁금하게 만들면 사람들은 클릭한다. 가끔은 그래서 업체명을 제목에 쓰지 않는 경우도 많다. 내 글을 읽어야만 그곳을 알 수 있을 테니까. 아주 가끔은 그런 공략으로 사람들의 클릭을 받기도 한다.

　아직도 멍젤라는 머리를 쥐어뜯으며 제목을 정하고 글을 쓴다. 내가 자신 있게, 마약 같은 여자라는 타이틀을 나에게 지어준 이상 나는 마약 같은 매력을 풀풀 풍기면서 살아가려고 노력한다.

　이렇듯 제목에 키워드라는 날개를 달아주면 그 글은 매력을 풀풀~ 풍기며 인기글이 되어 날아다닐 것이다.

키워드 정하기

우선 올리고자 하는 제품(장소 및 이름)에 대한 검색을 해본다. 자동완성을 주목하라.

1 자동완성되는 단어의 순서가 사람들이 근접한 단어들을 많이 검색하는 순서라고 생각하면 된다.

2 연관검색어도 공략하라.
자동완성 단어 + 연관검색어의 조합! 그렇게 제목을 정하면 일타쌍피

ex) 경남 캠핑장 추천 창원에서 가을여행 즐겼어요(← 경남 캠핑장 + 경남 캠핑장 추천 + 창원 캠핑장 3가지를 공략)

나에게
맞는
_____ 키워드 찾는 법

블로그는 초기 3개월이 중요하다. 이 것은 블로그 운영해본 사람이라면 다 알고 있는 사실이다. 초반 3개월을 잘 공략하면 그 후에는 문제가 없다. 3개월 이후부터 내가 쓴 글들이 포털에 눈에 띄기 시작한다면 매우 잘 운영했다는 소리다. 얼마나 내 블로그가 넓고 깊게 검색되는지가 중요하기 때문에 3개월간의 과정은 너무나 중요하다.

키워드라는 말을 계속해서 하고 있는데, 앞에서 이야 기한 것처럼 블로그 글에 있어서 제목은 매우 중요하다. 키워드를 잡는 데 있어서 욕심은 금물이며, 나에게 맞는 키워드를 찾아야 한다. 초보 블로거들은 맛집에 대한 키워 드로 노출되길 바라는 사람들이 많다. 그래도 될까?

앞에서는 키워드를 정하는 일반적인 방법에 대해 알아보았는데, 여기서는 초보 블로거나 광고 블로거들이 나에게 맞는 키워드를 찾는 방법에 대해 얘기하고자 한다.

나에게 맞는 키워드를 찾는 방법 _____ 예전에는 맛집에 대한 정보를 입소문을 통해서 알았지만 요즘은 검색부터 한다. 인터넷 검색을 통해 다 알 수 있기 때문인데, 그만큼 블로거들의 글이 중요시되었다. 나 역시도 여행을 가거나 낯선 지역에 가게 되면 그곳의 맛집을 검색을 통해서 찾아가곤 한다. 사실 내가 블로그를 하기에 모든 글들을 다 신뢰하지는 않는다. 이유인즉슨 이제는 '네이버 맛집'이라는 단어가 광고적인 느낌이 강하게 자리 잡았기 때문이다. 나는 참고용으로만 네이버 맛집 정보를 얻고, 판단은 여러 가지를 살펴본 후 결정한다.

어느 날부터인가 '맛집'이라는 키워드가 체험단이나 협찬 광고에 가장 많이 쓰이는 키워드로 변질되었기 때문에 네이버에서도 이렇게 광고에 자주 등장하는 블로그를 감시하고 있다. 그래서 블로그를 하는 사람들 사이에서는 위험한 키워드라는 말을 하기도 한다. 그러한 키워드 중에는 '맛집', '병원', '미용실', '다이어트' 등이 있다. 왜 이러한 것이 위험 키워드일까? 그리고 왜 내 블로그에 맞지 않는 것일까? 내가 쓰는 일상은 온통 저런 건데, 그럼 쓰면 안 되는 단어일까? 궁금증은 커질 수밖에 없다.

천하무적가연이 너무 잘나가던 그때, 갑자기 인천에서 창원으로 내려왔고, 몸이 아파서 한동안 컴퓨터를 하지 못했다. 그래서 인천 자취생의 블로그는 없어졌다. 그래도 기존의 글들 덕분에 하루에 2천 명씩은 꾸준히 찍고 있었고, 다시 글을 쓸 때도 조금씩 오르기는 했다. 닉네임도 '박젤라'로 변경하고 그냥 창원 사는 일상 블로거로 전향을 해 그렇게 지냈다. 가족과 함께 살다 보니 돈도 모이고 생활도 안정이 되었다.

당시 다니던 회사는 커플 쇼핑몰이었는데 한겨울에도 신혼여행 용품들을 팔다 보니 여름용 제품이 상당히 많았다. 그래서 동남아시아의 따뜻한 나라로 촬영을 자주 갔고, 겨울에도 여름 수영복과 여름옷이 상당히 잘나갔다. 나는 그 쇼핑몰에서 디자이너로 일했지만, 어느 새부터인가 사장님과 같이 동대문에 물건을 떼러 가기도 하고, 사진작가 오빠와 모델들과도 친해져 해외 촬영도 함께 가게 되었다. 해외 촬영이 처음이라 신기하고도 하고 힘도 들었지만 그곳에서의 이야기를 모조리 내 카메라에 담아 왔다.

처음에 인천 이야기를 엄청 올리던 블로그가 박젤라

로 명칭이 바뀐 후 갑자기 창원 이야기로 돌변하더니, 해외 촬영을 다녀오고 나서부터는 주구장창 세부 맛집, 세부 가볼 만한 곳, 세부 호텔… 등등을 담고 있었다. 자고 났더니 2천 명씩 들어오던 블로그가 반토막이 나 있었다. 아니겠지라고 부정했지만 그 다음날도 그 다음날도 거기서 또 반토막이 나고 결국 하루에 300명도 안 들어오는 '저품질'이라는 녀석을 먹고 말았다. 사실 그때는 한편으로 잘되었다 싶었다. 이제는 친구들도 많고, 시간도 없는 데다 귀찮아지기까지 해서 블로그를 그만둬야겠다라는 생각도 있었다.

때마침 회사에서는 회사 블로그를 운영해달라고 요청하였기에 개인 블로그는 잠시 접고 의욕적으로 회사의 블로그를 운영하기 시작했다. 하지만 자신감은 금세 사라졌다. 블로그 디자인도 괜찮고 사진도 글도 다 괜찮은데 왜 노출이 안 되고 크지를 않는지 이해가 되지 않았다. 누가 봐도 이 블로그는 회사의 블로그고 쇼핑몰 이야기들인데 왜 안 뜰까 의문이 들었다. 3개월이 지나고 6개월이 지나도 하루 100명 내외의 방문자들만 찾아왔다. 문제가 있는 게 분명했다. 그래서 올린 글들의 제목을 전체보기로 훑어보았는데, 역시 문제가 있었다.

온통 제목에 커플옷 쇼핑몰, 커플 쇼핑몰, 커플 비키니, 커플옷 코디 등 커플이란 단어가 난무했고 누가 봐도 쇼핑몰 홍보글이라는 생각이 들게 하는 글들이었다.

회사의 블로그도 그렇게 방치되었다. 다른 업체에서도 하니까 나도 하는 블로그, 하루에 한 번 해야 하는 숙제 같은 재미없는 블로그가 되어 결국 저품질에 빠지고 말았다. 저품질에 빠지면 다시 살려내기는 쉽지 않다. 처음부터 아예 노출 한번 되지 않은 블로그를 심폐소생술을 한다는 것은 더욱 힘든 일이다.

그 후 나는 병원 홍보팀에 들어가게 되었고, 교정전문 치과에서 블로그를 운영하는 일을 맡게 되었다. 앞선 쇼핑몰 블로그의 실패를 거울삼아 전략을 달리 했다. 병원 블로그지만 그런 냄새가 덜 풍기도록 했다. 병원은 창원에 있는 교정치료 전문 치과로, 원장님이 서울대를 나왔고, 네트워크로 연결되어 있어 타 지역으로 이사를 하여도 치료를 받을 수 있는 시스템이었다. 치아교정만 전문으로 한다는 차별성을 가지고 개업을 했지만, 아직 창원 사람들의 인식은 전문병원보다는 자신이 다니던 곳, 자신이 아는 곳, 가기 편한 곳에서 치료를 한꺼번에 하는 게 낫다는 생각이 컸다. 그런 사람들에게 교정전문병원에서 치아교정을 해야 하는 이유를 어필해서 손님으로 끌어당겨야 했다.

회사 블로그를 운영할 때는 이렇듯 회사의 장단점들을 미리 파악하고 시작해야 한다. 그래야 거기에 맞는 키워드를 선택할 수 있다. 나를 알고 적을 알아야 싸움에서 이길 수 있다. 주변 치과 블로그들을 살펴보니 엄청난 광고글을 쏟아내고 있었기에 다른 키워드들로 접근했다. 처음부터 '창원 치과 추천' 같은 센 키워드를 공략한다는 것은 바보 같은 짓이다. 창원에 위치한 병원, 그렇다면 창원 이야기들을 많이 담으면 좋겠다는 생각에서 창원 키워드를 썼고, 그래도 병원이기 때문에 치아교정과 관련된 전문지식들도 썼다. 그러면서 키워드가 매일같이 반복되지 않게 적절히 섞어서 썼다. 일주일에 일상 이야기를 3번 했다면 1번은 치과 홍보글, 2번은 전문지식으로 꾸몄다.

월요일 – 창원 상남동 점심

화요일 – 치아교정 왁스 사용법

수요일 – 창원 치아교정치과 ○○○○○에서 시작했어요

목요일 – 팔용동 보건소에서 보건증 발급받았어요

금요일 – 치아교정 전문치과 ○○○○○○○를 아세요?

토요일 – 창원 야경 예쁜 곳 안민고개

3개월 정도 지났을까, 꾸준히 키워드 관리를 해가며 제목을 쓰고 그에 맞는 글들을 올리자 뭔가 쑥쑥 오르기 시작했다. 신기해! '창원 교정치과'나 '치아교정치과'를 검색하면 내 글들이 계속 상위에 노출되었고, 여느 치과의 교정 홍보글들을 내 글이 다 파묻어버렸다. 1페이지를 내 글들로 5개 이상 장식할 때도 많았다. 그렇게 차근차근 정보를 담고 꾸준히 쓰다 보니 인터넷을 보고 찾아오는 환자가 80% 이상이 되었다. 차츰 병원 매출도 안정화가 되면서 나는 일을 그만두게 되었는데, 그 아끼고 아꼈던 블로그를 광고 업체가 날름 먹어버려서 속상하기도 했다. 그래도 그때의 경험은 키워드 관리가 얼마나 중요한지를 깨닫게 해주었다.

후에 들은 이야기지만 내가 병원 블로그를 운영할 당시 주변의 치과 의사들과 위생사들 사이에서는 히히걸스(닉네임)가 누구냐며 이야기가 많았다고 한다. 병원 홍보팀일 것이다, 아니다 직원일 것이다, 아니다 실장이 운영할 것이다 등등 베일에 싸인 블로그 운영자에 대한 추측이 무성했다고 한다. 하하하! 분명 광고 회사는 아닌 것 같고 누군가가 병원이 있는 바로 그 현장에서 소곤소곤 들려주는 느낌의 블로그였기에 사람들에게 이슈가 된 듯하다.

자신에게 맞는 키워드를 선택하는 것이 블로그 운영의 핵심이다. 블로그를 운영하는 자신에 대해서 미리 분석하고 키워드를 공략하자.

초보라면 너무 큰 키워드를 잡는 것은 좋지 않다. 처

음부터 큰 키워드인 '창원 맛집'으로 잡는다면 노출이 힘들 수 있다. 팁을 하나 주자면 '창원 맛집+창원 숯불갈비= 창원 숯불갈비 맛집'처럼 키워드를 조합하여 다른 방향으로 검색해오는 사람들을 공략하는 법도 있다. '효자 키워드'라고 해서 저런 식으로 검색해오는 키워드가 은근히 있다. 용의 꼬리보다는 뱀의 머리라는 말이 있는 것처럼, 상위에 있는 것이 클릭을 받기에 좋다.

육아 블로그라고 해서 허구한 날 육아 일기만 담는다면 네이버 로봇이라는 녀석이 감시를 하다가 재미없는 블로그로 인식할 수도 있다. 맛집 블로그라고 해서 죽어라 음식점만 담는다면 이 사람은 다 맛있데… 뭐 맨날 먹기만 해… 재미없는 블로그로 전락하게 된다.

일상 블로거들은 맛집을 쓰는 경우가 허다하다. 하지만 반복적으로 그런 키워드를 계속 쓰다 보면 광고성 블로그라고 오해를 받게 된다. 그런 반복성 키워드를 쓰는 일로 인해 저품질로 간 이웃들을 많이 봤다. 저품질이 두려워서가 아니라 자신의 블로그를 위해서라도 풍부한 이야기들을 끌어내자.

여러분의 블로그는 소설책보다도 재밌는 이야기 공간이다. 한 명의 독자를 위해서라도 재밌는 이야깃거리를 하루하루 담아내보자. 그 사람은 여러분이 사는 지역의 사

람이 아닐 수도 있고, 같은 나이대가 아닐 수도 있고, 취미
나 관심사가 다른 사람일 수도 있다. 그런 사람들도 공감
하고 재미있어 하는 이야기들을 담아보자.

멍젤라의 속닥속닥

자신에게 맞는 키워드와 글의 배치

자신에게 맞는 키워드를 찾아서 그것을 적절하게 배치하고 활용하라.
꾸준히 광고글만 쓰면 절대 노출이 불가능하다. 필요에 의한 적절한 글
의 배치가 필요하다.

전체보기(857)	
· 연말 술자리 위기탈출넘버원처럼, 양치는 꼭하세요ㅋㅋ	치아 정보글
· 상남동 고기집 창원에서 제일 유명한 대포동! (10)	지역 관련글
· 김해 삼계동 맛집 회식을 양월드림통에서 했다고 전해라~ (3)	지역 관련글
· 메리크리스마스, 서울바른교정치과	치과 안내문
· 마산 교정치과 크리스마스이브의 아침/ ∧/ (2)	치과 생생일상
· 마산 치아교정 서울바른의 생생이야기	치과 생생일상
· 창원 연말모임장소 미스터대게 영동수산 (2)	지역 관련글
· 신년선물 너무고마워요! 수지양/ ∧/ (2)	치과 생생일상
· 창원 상남동 회식 연말모임도 강복궁 쯤값비로! (3)	지역 관련글
· 상남동 점심특선 단돈5000원에 배터지게먹기, 오반장 (1)	지역 관련글
· 수험생 치아교정 서울바른 창원점은 어때요? (7)	치아 정보글
· 해운대 숙박 깔끔하고 친절했던 호텔109 (6)	치과 생생일상
· 창원 치아교정 서울바른에서 매력미소찾아요^^	치과 홍보글
· 멀치스 포도주스 선물 받았어요 - 서울바른교정치과 (2)	치과 생생일상
· 브러링 하는시간, 창원 치아교정 서울바른의 하루	치과 생생일상

◀ 이전 | 21 | 22 | 23 | 24 | 25 | 26 | 27 | 28 | 29 | 30 | 다음 ▶

치과 블로그지만 치과에 관한 내용만 계속 올리지 않는다. 치아에 관한
정보글과 지역 관련 글, 치과의 일상 이야기, 치과 홍보글을 번갈아 가
면서 올리고 있다.

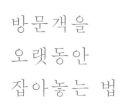
방문객을
오랫동안
_____ 잡아놓는 법

　　　　　　블로그는 노력을 배신하지 않는다.
블로그는 사람들로 이루어진 소통의 공간이다. 사람들은
시간과 노력을 담아서 쓴 글을 알고 있다. 좋은 글은 꾸준
히 읽으러 오기 마련이고, 그 글이 도움이 되면 무조건 다
시 찾게 된다. 그렇게 시간과 노력은 블로그에서도 그 진
가를 백 번 발휘한다. 블로그를 두 번이나 망해본 나로서
는 완전 공감 오억 프로, 좋아요 백 번 누를 수 있는 말이
아닐까 생각한다.

　　인천에서 천하무적으로 살 수 있었던 것은 블로그 덕
분이었다. 혼자 떨어져 살면서 동성 친구들과 조잘거리는
것이 그리웠던 그때 나는 절실하게 블로그를 시작했다. 처
음 해보는 블로그가 얼마나 신기했던지 그 마음은 새 학

년으로 올라갈 때의 기분과 똑같았다. 엄청나게 열심히 한 것을 네이버도 알아준 것인지 그 까르보나라가 메인에 뜨면서 나는 블로그를 완전 신나게 즐기면서 할 수 있었다. 사람이 거만해지면 안 되는 것인데, 이젠 대충 써서 올려도 메인에 떡하니 뜨고, 상위 노출이 되다 보니 처음보다는 나태해지긴 했다. 약 1년간 운영하면서 첫 번째 블로그가 자리를 잡고 이웃도 많아졌다. 내 글을 재밌어 하는 사람들도 늘어났고, 하루에 몇천씩 들어오는 내가 동경하던 블로거들과 어깨를 나란히 하면서 댓글도 주고받으며 서로이웃도 맺었다. 이 정도 되니까 학교에 적응 잘하는 잘나가는 고학년 언니가 된 기분이랄까… 하하하!

사랑하는 연인끼리도 어느 정도 시기가 지나면 권태기가 오기 마련이다. 나도 블로그와 1년간 사랑에 푹 빠져 있다가 권태기가 왔다. 하루에 한 번 매일 글을 쓰던 철칙을 어기는 날들이 생기게 되고, 회사와 인천 지역 사람들과의 대인 관계도 늘어나면서 블로그에 소홀해졌다.

블로그를 운영하면서 중요한 것은 소통이라고 이야기했다. 하지만 나는 내 글에 대한 댓글만 주구장창 받고 그 사람들의 블로그에는 접속해보지 않았다. 내 댓글에 대한 답글을 달 시간조차 없었다. 아니 시간이 없었다기보다 사랑이 식었다. 정신을 차렸을 때는 이미 늦은 후였다. 나 혼자 권태기를 느끼다 보면 연인 사이에서 권태기가 아직 오지 않은 상대방은 혼자서 사랑을 쏟아붓다가 결국 힘이 들어 놔버리고 헤어지는 경우가 생기는데, 그 꼴이 났다. 내가 흥청망청 노느라고 시간과 노력을 안드로메다로 보내버리니 블로그를 방문해주던 이웃들은 점점 줄어만 갔다. 나에게 헤어지자는 통보를 해오진 않았지만 조용히 그렇게 이웃들은 떠나갔다.

이렇듯 시간과 노력은 블로그 운영에 있어서 중요한 것이다. 블로그 지수를 결정짓는 요소 중의 하나는 방문객을 얼마나 오랜 시간 동안 잡아놓느냐이다.

방문객을 오랫동안 잡아두기 위해서는 어떤 글을 써야 할까? 정보를 전달하고자 하는 글이라고 생각해보자. 어떤 여행지의 위치, 오픈 시간, 행사 내용의 글을 쓴다고 가정해보자. 여기서 글 쓰는 방법도 팁으로 팍팍 줄 테니 센스 있게 캐치하라.

글 쓰는 방법 _____ 내가 사는 창원에서는 매년 K-POP 페스티벌이 열린다. 대한민국 유일의 K-POP 축제! 전 세계의 외국인들이 창원을 찾아오고 한국 최고의 가수들이 모두 다 모인다.(나 창원 홍보대사인 듯, 표창장 하나

주세요.) 그것에 대한 포스팅을 한다고 가정해보자. 벌써 몇 회째 진행된 행사라 많은 지난 이야기들이 있지만, 올해의 축제를 검색하는 사람들에게 가장 중요한 것이 무엇인지를 생각해보자.

첫 번째, 초대 가수가 누구인가? (가장 중요함)

두 번째, 열리는 장소, 날짜, 시간은?

세 번째, 표를 어떻게 구해야 하나?

네 번째, 주차 시설 및 찾아가는 대중교통은?

다섯 번째, 축제 내용은 무엇인가?

사람들이 블로그를 찾아보는 이유는 이와 같을 것이다. 사실 어린 친구들이 상당히 몰리는 곳이라서 가장 중요한 것이 초대 가수이다. 한국 최고의 아이돌 엑소도 여기서 공연을 했는데, 당시 시청로터리에서 열렸다가 미어 터질 뻔했다지. 함성 소리에 2002년 월드컵 결승전이 창원에서 열리는 줄… 하하하!

어쨌든 그 행사에 대한 포스팅이라 생각해보자. 시간과 노력의 중요성은 여기서 나타난다. 올해 열리는 K-POP 행사 포스팅을 통해서 방문자를 묶어 놓으려면 어떻게 써야 할까?

A라는 블로거는 올해의 축제에 대한 이야기를 포스터, 초대 가수 사진, 행사 개요, 시간, 날짜, 표 구하는 곳, 주차 시설을 등을 소개하고 간단한 정보만 쫙 올렸다. 창원 시청 공지 사항에 가면 나올 테니까 쉽게 올릴 수 있다.

B라는 블로거는 이 축제가 뭔지에 대한 설명부터 지난 축제들에 관한 이야기, 그동안 왔던 초대 가수들의 사진과 이야기들로 관심을 끌었고, 그 후 올해의 포스터를 올려서 간략히 보여줬다. 포스터 속에는 사실 행사 개요가 적혀 있기에 내용은 그 밑에 간단히 적었다. 중간에는 가장 관심 있어 하는 올해의 초대 가수에 대한 프로필과 사진을 넣었다. 마지막에는 멀리서 오는 사람들을 위해 주차 시설과 편의 시설, 그리고 대중교통에 대해서 적어줬다. 그리고 이 축제의 올해 기대되는 점과 해외에서 예선을 치러서 오게 되는 팀들에 대한 자신의 생각도 적었다.

자, 여러분이라면 A와 B의 글 중 어떤 글에 더 오래 머물러 있겠는가? 딱 봐도 딱이다! 사람들은 필요한 정보만 훅 훑고 나가버린다. 누가 봐도 B 블로거의 글에 오래 머물 것이다. 이미 예시를 드는 순간부터 답은 나와 있었다. 답은 정해져 있으니 너는 대답이나 해. 답정너라는 말이 여기서 나왔다지…하하!

이 예를 든 이유는, 포스팅을 할 때 정보를 적절히 잘 배열해서 글을 쓰라는 것이다. 다시 말해 글을 계속 읽고 내려와야 필요한 것을 얻을 수 있도록 처음, 중간, 끝에 정보를 적절히 배열하라는 소리이다. 오래 머물게 하려면 시간과 노력은 무조건 필요하다. 그냥 대충 정보만 퍼다가 끄적인 글과 시간을 투자해서 조사하고 정성을 들인 글은 딱 봐도 차이가 난다. 거기다가 좋은 글이라고 여겨지면 사람들은 공유를 해가기 마련이다. 그러면 내 글은 네이버가 좋은 글이라고 인정을 해주고 상위로 쑥쑥 올라간다.

내가 지금 예시를 들면서 또 다른 팁을 하나 남겼다. 내 블로그 유입을 높이는 글은 무엇일까? 사람들의 클릭을 받을 수 있는 글의 주제는 무엇인가 하는 것이다.

예를 든 창원에서 열리는 K-POP 축제처럼 여러분이 사는 곳에서는 항상 다양한 행사가 열리기 마련이다. 그 지역에 살지 않는 관광객들을 위해서 그런 정보를 담아준다면 더할 나위 없이 좋은 글이 된다. 실제로 살고 있는 사람만큼 그 지역에 대해서 잘 아는 사람은 없다. 현지 사람이 들려주는 행사에 대한 정보라면 더 믿음직스러울 것이다. 그러면 사람들은 여러분의 블로그에서 주변 맛집, 관광지 등 행사 이외의 정보도 얻기 위해서 더 많은 시간 동안 머물게 될 것이다.

이처럼 특정한 시기에 주목받을 수 있는 주제를 고르는 것은 그 사람의 노력이다. 이때 어떤 글을 사람들이 많이 궁금해하고 찾을 것인지에 대해 고민하는 것 또한 블로그에 대한 시간의 투자라고 생각하면 된다.

사실 멍젤라 블로그 속에는 창원에 대한 여러 가지 이야기들이 가득 담겨 있다. 맛집, 가볼 만한 곳, 데이트 장소, 카페, 기타 등등… 나 역시 창원 페스티벌에 대한 이야기를 쓴 적이 있었는데, 사람들이 엄청나게 방문해왔고 창원에 관련한 질문들이 댓글에 달렸다. 주차장의 위치나 버스 노선과 같은 이야기들을 물어왔는데, 나는 누구보다 잘 알기에 술술술 답해줄 수 있었다. 그렇게 나의 글은 인기를 얻어 창원 페스티벌 글들 중에서 상위에 랭크되었고, 하루에 7천 명이 넘는 방문자를 찍었다. 그 후 꾸준히 창원에서 열리는 축제들을 올리곤 하는데 그럴 때마다 인기글이 되곤 한다. 시간과 노력은 정말 배신하지 않는다.

오래 머물게 하라!

가장 중요하다. 방문자를 내 블로그에 얼마나 오래 머물게 하느냐, 얼마나 더 많은 콘텐츠를 보고 가게 하느냐가 관건이다.

 정보를 제공하라! 대중들이 필요한 것, 내 글을 클릭하면서 모든 정보를 얻어 갈 수 있도록 배열하라.

- 행사의 성격, 시작하게 된 배경 등에 대해서 이야기한다.
- 이 행사의 개요, 일시, 날짜, 장소를 알려준다.
- 행사 및 행사장 주변 이야기를 한다. (주차장 & 숙박 & 차편)
- 행사 출연자에 대한 소개로 흥미를 유발한다.
- 작년 행사 및 올해 행사의 평가 및 포스터로 주목을 끈다.
- 기대평에 대한 이야기로 마무리한다.

blog.naver.com/lastkycool/220762071413
위의 주소로 들어가면 게시물 확인이 가능하다^^

모든 순간
정성이
_____ 필요하다

우리 엄마는 창원 맛집 '함양흑돼지
생고기'의 사장님이다. 엄마는 내가 어릴 때부터 여동생과
나를 위해 손발이 부르트도록 일을 했다. 하지만 나는 대
학생이 되고 나서도 뒤늦게 찾아온 사춘기 탓에 엄마가 혼
자 운영하던 가게 일 한번 도와준 적이 없었다. 돈 때문에
매일이 걱정이던 엄마와 나는 싸움이 잦았고, 뮤지컬을 하
겠답시고 나는 집을 뛰쳐나와 인천으로 올라갔다. 그동안
에도 엄마는 가게를 운영했다. 정말 좁디좁은 5평짜리 고
깃집이었다. 골목길 한켠에 있어서 사람들이 잘 찾아오지
도 않는 곳이었다.

내가 인천에 있는 동안 엄마는 가게를 조금 더 넓혔
고, 지금의 위치에 자리를 잡았다. 하지만 엄마 가게 전의

식당이 맛없다고 소문난 자리기도 했고, 손님이 잘 오지 않는 주택가에 있어서 매상은 시원찮았다. 그래도 5평보다 훨씬 큰 35평짜리 가게니까 엄마는 행복해하였다.

내가 다시 창원으로 내려왔을 때 우리 가게는 5평 때보다는 잘되고 있었지만 규모에 비해 매출은 턱없이 부족했다. 주택가 한복판, 검찰청과 법원 바로 옆에 위치해 있어서 장사가 잘될 줄 알았지만 점심시간 밥장사 말고는 일부러 찾아오는 손님이 없었다. 엄마의 한숨은 늘어만 갔다.

그때서야 나는 엄마가 짊어진 삶의 무게를 느낄 수 있었다. 그래서 내가 할 수 있는 게 무엇인가를 고민했다. 엄청난 돈을 내가 갑자기 벌 수 있는 것도 아니고 할 수 있는 것이라곤 가게를 홍보하는 일밖에는 없다는 결론을 내렸다. 그래서 박젤라라는 이름으로 블로그를 새로 만들었다. 인천에 살 때는 외로움에 사무쳐서 시작한 블로그였지만 지금은 달랐다. 창원에서 다시 새로 시작하는 이 블로그는 엄마를 위해서, 우리 집을 위해서였다.

또다시 절실함으로 블로그를 시작했다. 우리 집의 홍망(?)이 달린 일이니 기대 반, 걱정 반이었다. 사실 박젤라 블로그를 가질 때까지만 해도 블로그의 법칙이니 뭐니 이런 것은 아무것도 몰랐다. 그냥 꾸준히 천하무적가연 때처럼 열심히 하기만 했다. 디자인도 점점 발전해서 예쁜 블로그가 되었다. 그렇게 나의 창원 이야기를 담고 일상을 담으면서 운이 좋게도 창원 블로그로 유명세를 타기 시작했다. 블로그 지수가 조금 높아졌다 느꼈을 때 한 달에 한 번씩 엄마의 가게 이야기를 올렸다. '창원 회식장소', '창원 맛집', '창원 사파동 맛집', '창원 단체회식 장소' 등 여러 키워드를 써가며 우리 가게에 대한 이야기를 올리기 시작했다. 진심과 정성, 그리고 노력이 통해서일까 점점 손님들이 많아졌다. 한 번 왔던 손님들은 엄마의 음식 맛을 보고 다른 사람들을 데리고 왔고, 가족들을 데리고 왔고, 그렇게 단골들이 늘어나기 시작했다. 이런 곳에 있는지 몰랐다며 블로그 보고 왔다는 사람이 부쩍 늘어났다. 서울에서 출장을 온 회사원들도 내 블로그를 통해 잘 먹고 간다고 했다. 우리 가게는 점점 이름이 알려지기 시작했다. 나의 진심이 그리고 그 정성들이 빛을 발하는 순간이었다.

장사가 잘되면서 엄마는 힘들게 사는 독거노인들을 돕기로 마음먹으셨다. 이제는 조금 허리 펴면서 살 만하니 우리보다 힘들게 사는 할머니 할아버지에게 밥이라도 한 끼 대접하고 싶다면서 시작한 봉사 활동이었다. 한 달에 한 번씩 베푼 그 활동 덕분에 엄마는 구청장 표창, 창원시장 표창까지 받은 대단한 사장님이 되었다. 내가 박젤라 그리고 멍젤라로 블로그 활동을 하면서 가장 뿌듯한 것은

고생한 엄마를 위해서 무언가를 할 수 있었다는 사실이다.

그 후로 나의 블로그 이웃들이 많이들 도와주었다. 이웃을 맺고 소통을 하는 블로거네 가게라는 이유만으로 많이 찾아주었고, 촬영해주고 포스팅을 해주었다. 물론 직접 돈을 내고 사먹고 갔다.

포털에서 이제 '함양흑돼지생고기'를 검색하면 우리 가게 포스팅들이 쫙~ 펼쳐진다. 어느 순간부터는 우리 가게 홍보를 일상 이야기에 묻어내며 간접적으로 하고 있지만 창원에 있는 블로거들, 그리고 여러 친한 블로거 이웃들 덕분에 가게는 잘되고 있다. 물론 엄마의 손맛이 가장 큰 힘을 발휘한 것일 테지만 말이다. 만약 그들의 홍보와 나의 정성 어린 노력이 없었더라면 한적한 주택가에 이런 맛집이 숨어 있다는 것을 사람들은 알기나 했을까.

나는 우리 가게를 홍보할 때면 엄마의 노력과 정성을 강조했다. 그것 때문에 우리 가게가 지금까지 있는 것이라고!

"3대 거지가 없고, 3대 부자도 없다"라고 엄마는 항상 나에게 말씀하셨다.

내가 어렸을 때부터 그리고 엄마가 지금의 내 나이보다 훨씬 어렸던 그 시절부터 너무 힘들게 살아온 터라, 우리 딸들만큼은 참 잘살았으면 좋겠다고 늘 이야기하던 엄마였다.

사람이라는 게 계속 힘들게 살라고 하지도 않고, 평생부와 명예를 누리게 하지도 않는다며 힘들수록 더 노력하고 진심으로 모든 일을 대하라고 하셨다. 그러면 모든 일이 잘 풀릴 것이라고 하셨다. 삶은 모든 순간 정성이 필요하고, 그 정성은 언제나 통하기 마련이다.

블로그도 그렇다. 엄마에 대한 내 애틋한 마음이 블로그에 아낌없이 드러났다. 우리 가게를 홍보해야 했기에 다시 시작한 박젤라의 블로그, 그곳에서 나는 창원에 대한 이야기들을 담고 또 담았다. 그러면서 가게 홍보글도 열심히 올렸다. 가게 자랑도 열심히 했고, 가게에서 있었던 일상 이야기, 우리 가족의 이야기들을 자신 있게 들려줬다. 그 진심과 정성이 통해서 지금의 나와 우리 가족이 있다.

키보드로 한글을 쳐가며 내 일상 따위를 올리는 공간에 불과하다 해도 그 이야기를 하루에 한 번씩 적어내려 가고 있는 여러분은 이미 정성을 쏟아붓고 있는 것이다. 여러분의 시간과 노력을 할애하고 있는 것이다. 나중에 100개의 글이 되고 1,000개의 글이 되었을 때 그 블로그는 여러분이 쏟아부은 정성에 비례한다. 정성은 방문자 수로 나타날 것이고, 그것에 보답이라도 하듯이 밀려드는 협찬 쪽지들과 체험단 당첨 소식에 기뻐할 것이다. 그것을 위해서 시작한 블로그는 아니지만 협찬 쪽지들이나 필요했던 체험단에 신청을 했을 때 당첨되는 확률이 높아질수록 뿌듯함은 배가되었다.

블로그는 부지런해야만 할 수 있다. 주변의 내 친구들은 나를 보고 진짜 부지런하다고 말한다. 8년 넘게 같은 취미를 쭉 하고 있는 나로서는 블로그가 이제는 일상이 되었고 내 삶의 일부가 되었다.

처음부터 지금까지 계속해서 내가 강조하는 것은 "진실함으로 진정성 있는 글을 정성스럽게 쓰라"는 것이다. 진정성이라는 단어를 풀어보면 진+정성, 진실한 것들을 정성 들여 보여줘라이다. 그 진심은 언젠가 통할 것이다. 함양흑돼지생고기처럼 말이다.

또다시 이 책을 통해서 우리 가게는 홍보가 될 것이

다. 어때요? 내 의도가 와닿았나요? 하하하! 여기서 노골적으로 가게 홍보 한번 하겠습니다. 우리 가게는 경남 창원시 성산구 사파동 10번지에 위치하고 있습니다. 맛있는 생고기와 함께 엄마가 정성껏 담근 장아찌를 손님상에 냅니다. 음식에 정성을 쏟아부어 장사를 하고 있답니다. 많이 사랑해주세요.(진지)

아… 마무리가 이렇게 되다니 좀 웃기지만 뿌듯하다. 엄마 나 잘했지?

멍젤라의 속닥속닥

정성 있는 글 쓰는 Tip!

글을 읽는 사람들은 글쓴이가 얼마나 정성을 들여 썼는지 대번에 알 수 있다.

1. 어떤 글을 쓸지 정하라.
2. 사진 촬영 및 자료 수집을 하라.
3. 사실 그대로, 자신이 수집한 자료들을 사진과 함께 글로 표현하라.
4. 사람들을 끄는 제목을 정하고 제목에 맞는 내용을 쓰라.
5. 포스팅을 한 후에는 이웃들의 댓글에 정성껏 답하고, 답방을 하여 그들의 글에 반응해주어라.

진실한
마음을
　　　　　담아라

　　　나는 자영업을 하는 사장님들로부터
협찬 쪽지를 수없이 받는다.

　　"창원에 있는 음식점 ○○인데요. 음식 값은 저희가
낼 테니 진실되게 글 좀 써주세요."

　　엄마가 가게를 하고 있어서 사장님들의 그 마음을 너
무나 잘 안다. 광고 업체들에게 수수료를 떼주며 블로그
홍보를 하는 업체도 수없이 봤다. 그래서인지 이런 쪽지를
보면 마음이 짠해서 어쩔 수 없이 가게 되는 경우가 많다.
정말 잘되었으면 하는 마음으로 도와주고 싶어서이다.
　　사실 웬만하면 음식점 협찬은 안 가려고 한다. 협찬을

받고 홍보를 해주려고 갔는데 맛이 없으면 어떡해… 멍젤라는 협찬을 받아도 맛없으면 맛없다고 말하는 블로거로 유명하다. 맛이 없다고 쓰면 사장님들에게는 큰 상처가 되고, 오히려 홍보에 방해가 된다. 그렇다고 독자들에게 거짓말을 할 수는 없으니 난감할 때가 많다. 그래서 음식점 협찬은 거절하는 경우가 많다. 협찬을 받아 가더라도 서비스가 불친절하다거나 음식이 맛이 없으면 정중히 사과하고, 사진들 다 삭제하고 음식 값을 지불하고 나온다. 그런 업체는 아예 돈을 지불하고 나오는 것이 마음이 편했다. 그래서 지금까지의 멍젤라가 있는 것 같다. 그렇게 나는 소신을 가지고 글을 쓰고 있다. 사람들은 그 진실함 때문에 나를 찾아온다.

한번은 검색을 통해 한우 고깃집을 찾게 되었다. 그 가게에서는 모두 합치면 소 모양의 그림이 완성되는 접시를 사용하여 상차림이 나온다고 했다. 그게 너무 신기해서 지인들과 그곳에서 모임을 하게 되었는데, 사실 그릇이 신기한 것 말고는 별로였다. 너무 많은 블로거들이 하나같이 다 맛있다고 칭찬을 쏟아놓아서 가봤는데, 나에게는 아니었고 그래서 사실대로 글을 썼다. 블로거들의 글을 보고 갔는데 한우 모양의 접시 상차림 말고는 특별한 게 없었으며, 음식은 먹을 만한 게 단 하나도 없고 소고기 맛도 별로라고 포스팅을 했다. 그런데 그 글을 보고 가게 사장의 아들이 댓글에 욕을 엄청나게 달기 시작했다. 입에 담기 힘들 정도의 욕을 하면서 당장 글을 안 내리면 고발하겠다, 찾아오겠다 등의 협박까지 했다. 그냥 정중하게 글을 비공개 처리를 해주었으면 좋겠다, 앞으로 서비스를 위해 노력하겠다, 내 글이 영업에 피해가 가니 좀 내려달라고 상황 설명을 해줬더라면 나도 글을 비공개 처리했을 텐데, 그 사람의 무례함이 장난이 아니었다. 그래서 일부러 아직까지도 공개로 두고 있다.

그렇게 세월이 흐르고 그 일이 잊혀가던 어느 날, 내 블로그 방문자가 갑자기 폭발을 하게 되었고, 그 한우 접시집 포스팅에 댓글들이 마구 달리기 시작했다.

물빛○○: 좀 전에 생생○○○에 이 집 나와서 후기 찾아봤더니 다들 내용도 비슷하고 주문해서 먹은 메뉴며 사진들이 비슷해서 좀 더 찾아보다 여기까지 왔네요~^^ 솔직 후기 잘 봤습니다. 역시 느낌은 틀리지 않네요. 점점 믿을 만한 후기가 없어져서 슬퍼요. 잘 보고 갑니다~^^

Uni○○○: 생생○○○ 보고… 검색하는 중에… 후기 사진이 비슷비슷… 똑같은 것도 있고… 자기가 찍은 게 아닐 거라는 확신(?)이 들더군요… 맛집탐방 하자고… 아들

네, 딸네 가족 집합(?) 명령 내려놨는데… 취소할까… 생각 중입니다.

　　영○: 어제 일요일날 다녀왔어요. ○○까지 40분 걸려 갔는데, 아 진짜 ＿＿ 일단 되는 게 없다니. 물회도 안 돼, 고기 종류도 안 되는 게 많고요. 제일 중요한 건 한우 한 판을 시켰는데 참… 블로그에선 그거면 3~4인분은 거뜬하다고 하고 전화 예약할 때도 남자 2~3인분이라고 하더니 막상 나왔는데 고기 진짜 몇 조각^^ 나머진 물김치, 채소 쌈들, 육회 한 3젓가락 정도?ㅋㅋㅋ 여자 두 명이서 먹어도 모자랄 정도였네요. 경남 고성, 대구에서 오신 분들도 계셨는데 고기가 없다고 가셨어요. 오후 1시에 말이죠.ㅎ ㅎ 평일날 고기를 너무 팔아서 주말만 되면 고기가 없답니 다^^ 진짜… 저처럼 헛걸음 하시는 분들을 위해 남깁니다. 일단 맛을 떠나서 먹을 게 있어야 맛을 느끼든 말든 할 건데ㅎㅎ 넘 실망이었네요. 저도 재방문 의사 0% ＿＿

　　나의 글에 이러한 댓글들이 미친 듯이 달리기 시작했다. 그 집이 맛집 소개를 하는 TV 프로그램에 나왔는가 보았다. 가기 전에 궁금해서 검색해보는 사람도 있었고 다녀온 후기를 댓글로 남기는 사람도 있었다.

　　이 일을 계기로 나는 새삼 진실한 글쓰기의 중요성을

깨닫게 되었으며, 스스로 블로그 활동을 잘하고 있다는 뿌듯함을 느끼게 되었다.

　요즘은 맛이 보통일 때는 "나한테는 안 맞다", "나에게는 별로였다"라는 표현으로 조금은 돌려서 말한다. 그러면 업체에도 큰 피해를 주지 않고, 독자들에게 선택의 여지를 줄 수 있기 때문에 괜찮은 방법인 것 같다.

　가끔씩 나는 한밤중에 일기를 쓰듯 끄적인 내 생각들을 포스팅한다. 내 블로그는 즐거운 일상을 보여주는 글들이 대부분이지만, 이때만큼은 오늘을 살고 있는 평범한 30대 여자인 박가연의 지극히 개인적인 생각과 고민들을 쓴다. 이러한 글 밑에는 같은 생각을 하는 이웃들의 이야기와 푸념, 그들의 개인사에 관한 댓글들이 달린다. 나는 그런 글이 너무나 좋다. 진실한 마음을 담아 쓴 내 글 밑에 같은 경험을 했거나 공감하는 사람들이, 자신의 모습을 투영하면서 솔직한 감정이나 마음을 털어놓는다.

　이렇게 얼굴도 본 적 없는 블로그 이웃으로 맺어진 인연들의 이야기를 듣고 있으면 이곳이 참 매력적인 곳이라는 생각이 든다. 얼굴도 모르는 사이지만 서로에게 참 많은 의지가 되는 것이 바로 블로그이다.

　"오늘 나는 이런 일이 있었어요.", "저는 이런 경험이

있었는데 그때 이랬던 것 같아요.", "저 요즘 너무 힘들어요.", "저 고민이 생겼어요."

시시콜콜 자신들의 이야기를 털어놓는 것을 보면, 내가 나서서 해결사라도 되어주고 싶다. 심리상담사도 아닌데 어떨 때는 그런 역할을 하고 있는 내 자신이 정말 대견스럽기도 하다.

자신의 속마음을 보여주는 게 쉬운 일이 아니다. 가장 친한 친구에게도 말 못 할 비밀들을 얼굴도 모르는 멍젤라에게 털어놓는다. 그렇게 진실성으로 다가와 주는 사람들에게 나는 진심 어린 이야기와 나의 생각들을 전해준다. 그렇게 끈끈하게 맺어지는 인연들이 상당히 많이 있고 앞으로도 더 많이 생길 것이라고 기대하고 있다.

블로그를 하지는 않지만 나의 글들을 보면서 함께 즐

거워하고 행복해하고 슬퍼해 주는 이웃들이 많이 있다. 나의 맛집 후기나 화장품 이야기나 시답잖은 후기들에 대해서는 댓글을 절대 달지 않다가, 내가 진짜 힘들 때 글을 올리면 그 마음을 알고 항상 응원해주는 사람들이 있다. 그들은 내가 힘들어 할 때 진심 어린 위로와 용기의 말을 건네준다. 언제나 나의 편이 있다는 것만큼 기분 좋고 든든한 것은 없다.

슬기로운
블로그
생활

———— 지금까지 블로그에 대해 열심히 이야기했다. 심화 과정까지 모두 완료! 이제부터는 실전이다. 멍젤라가 8년간의 블로거 생활을 하면서 경험하고 터득한 노하우와 주의 사항에 대해 조잘조잘 이야기할 것이다. 이것까지만 넘어가면 당신은 프로블로거, 파워블로거에 입문하게 될 것이다.

개인 정보는
남의
_____ 것

카톡!

"안녕하세요. 마산에 사는 40살의 남자입니다. 블로그를 쭉 봐왔는데 멍젤라님과 실제로 한번 만나고 싶습니다. 저는 기업체를 운영하고 있습니다. 살면서 처음으로 이상형을 만났습니다. (중략) 한번 뵙고 싶은데 언제가 괜찮을까요?"

흠… 이게 무슨 일이야! 장문의 편지 같은 카톡이 왔다. 아, 이게 무슨 소리야. 누구지? 어떻게 내 번호를 안 거야? 당황스럽기 그지없었다. 기업체를 운영한다는 그 남자는 블로그를 통해 매일같이 나의 일거수일투족을 살펴보고 있었는가 보았다. 대답은 당연히 No!라고 했다. 이렇게 연락 오는 거 너무 무섭다고 블로그를 통해서 모르는 분과 만나서 연애할 마음은 없다고 선을 그었다. 그럼 뭐 하냐고! 다음 날도, 그다음 날도 카톡이 계속해서 왔다.

"출근해서 멍젤라님의 글을 읽고 일을 시작했습니다. 회의를 하고 왔는데 또 보고 싶어서 연락드립니다. 아침부터 멍젤라님이 떠오르니 참 즐거운 하루가 될 것 같아요."

으메… 죽겠네. 이건 내 자랑이 아니라 살짝 무서운 생각이 들었다. 그 사람한테 내 카톡은 어떻게 알았느냐고 물어보니 블로그를 쭉 봐오면 충분히 알 수 있다고 했다. 그래서 내 글들을 모조리 읽어가면서 개인 정보가 새고 있는지를 살펴보았다. 글들을 하나씩 읽어보니 놓쳐버린 것들이 생각보다 많이 있었다. 차 번호판을 모자이크 처리하는 것을 빼먹은 것도 몇 개 있었고, 세차장에 가서 세차하기 전 촬영한 사진에는 주차용 번호판에 내 전화번호가 버젓이 공개되어 있었다. 그뿐만 아니었다. 네이버 블로그의 주소는 네이버 아이디로 결정된다. 멍젤라는 'lastkycool' 이라는 아이디로 주소를 구성하고 있지만, 이전에 박젤라로 활동했을 당시에는 모든 아이디를 공통으로 쓰고 있었다. 그때의 아이디가 카카오톡 아이디와 동일하다는 것을 생각지도 못하고 있었던 것이다. 그 사람은 다행히 내 전화번호를 아는 것이 아니라 카톡 아이디만 알고 있었다.

블로그는 누구에게나 공개되는 공간이다. 이것을 항상 염두에 두고 글을 써야 한다. 육아 블로그를 하는 친구는 이런 고민을 털어놓았다. 아이의 이름, 나이, 유치원, 사는 곳이 고스란히 담겨 있어 마음만 먹으면 우리 아이에 대한 정보를 알 수 있다는 사실이 무섭다고 했다. 육아 블로그는 아이의 얼굴, 가방을 멘 모습, 유치원 옷, 놀이터에서 노는 모습 들을 담다 보니 이런 것을 취합하면 어느 동네, 어느 아파트, 어느 유치원인지를 충분히 알 수 있다.

진실하게 쓰라는 것이 자신의 개인 정보를 진실하게 알리라는 소리는 아니다. 개인 정보가 유출될 수 있는 것들에 대해서는 모자이크 처리를 하든지 뿌옇게 블러 처리를 해야 한다. 범죄를 생각하고 내 블로그를 뒤지는 사람은 없겠지만 만에 하나 그런 사람들을 대비하여 개인 정보의 노출에 주의를 기울여야 한다.

나의 경우는 공개된 내 아이디로 인한 작은 귀찮음 정도였지만, 자칫 큰 피해를 볼 수도 있으니 포스팅을 할 때는 개인 정보가 노출되지 않도록 해야 한다.

저분과는 어떻게 됐냐고요? 정중히 사과하고 차단해 버렸지요 뭐.

한번은 또 이런 일도 있었다. 요즘은 블로그에 인스타 그램이나 다른 SNS 계정들을 연결할 수 있는 기능이 있다. 모바일로 하는 사람들이 많기 때문에 모바일 블로그 상단에는 나의 인스타그램이 연결되어 있다. 인스타그램을 통한 다이렉트는 실시간으로 대화가 가능하다.

"저는 50대 남자입니다. 가연 씨와 한 달에 한 번 데이트를 하는 기회를 갖고 싶습니다. 대신 원하는 것은 뭐든 사드리겠습니다. 명품 가방이나 뭐든지 500만 원선에서 한 달에 한 번 필요한 것을 말씀해주시면 만나는 날 선물로 드리겠습니다. 제 번호는 ○○○-○○○○-○○○○입니다. 이전부터 블로그로 쭉 봐왔는데 이렇게 용기 내어 연락드립니다. 가연 씨가 원하신다면 가연 씨 회사 앞 별다방에서 기다릴 테니 한 시간 전에만 연락주시면 기다리고 있겠습니다."

다행히 인스타그램은 모르는 사람의 연락은 미리 내용을 보고 거절이나 허용을 할 수 있는 기능이 있다. 세상 참 별의별 인간들이 다 있네! 황당하고 기분도 나쁘고 이 자식이 나를 뭘로 보고 이딴 쪽지를 보내는지 짜증이 확 났다. 만나자고 해서 중요 부위를 걷어차 버리고 싶었지만,

그냥 이런 쪽지나 연락은 신고를 해버리고 씹어버리는 게 속 편한 일이다. 처음에 저런 걸 받으면 진짜 사지가 바르르 떨리는 경험을 할 수 있다. 자동으로 놀이 기구 탄 기분을 느끼게 해주니 이 얼마나 짜릿한 순간인가…하하하! 그렇게 생각하고 잊어버려라. 그러다가 몇 번 받게 되면 무덤덤해져서 "아 또! 뭐 이런 XXX들이 다 있어!" 하고 그냥 웃어넘기는 고수가 된다.

일상 블로그를 운영하면 이런 상황들이 종종 연출되기에 너무 스트레스를 받으면 자신만 손해다. 저딴 게 쪽지로 오면 신고 버튼 조용히 누르면 되고, 카카오톡이나 SNS 메신저로 오면 조용히 차단을 누르면 끝이다. 너무 가슴 졸이거나 무서워하지 말자.

이렇듯 인터넷 속의 블로거인 '나'는 공개되어 있는 사람이다. 이것을 인정하고 시작해야 한다. 걱정이 된다면 애초에 공개를 안 하고 하면 된다.

내가 알고 있는 어떤 블로거는 블로그에 자신의 얼굴을 단 한 번도 공개하지 않고도 10여 년 가까이 인기 블로거로 활동하고 있다. 자신의 일상을 공개하되 적정선에서만 공개해서 사람들의 궁금증을 자아내게 했다. 그 후 이 사람이 가게를 오픈하게 되었을 때 이 사람의 얼굴을 보려고 가게를 찾는 사람들이 많았다. 사실 나도 그런 사람

중의 하나였다. 이 블로거처럼 자신을 다 공개하지 않아도 블로그를 잘 운영할 수 있다. 그건 자신이 콘셉트를 어떻게 잡느냐에 달린 것이다. 노출이 신경 쓰인다면 자신의 노출 비중을 조절하면 된다.

요즘은 리얼리티 방송이 인기다. 혼자 사는 연예인의 이야기, 제주도에 사는 유명 연예인의 집에서 민박을 하는 이야기, 정글이나 오지에서 생존하는 이야기들처럼 이전에 진행자가 모든 것을 이끌어가던 프로그램과는 사뭇 다르다. 속속들이 설치된 카메라로 있는 그대로의 모습을 보여준다. 그런 연예인의 뒷모습이 궁금하고 재미가 있어서 사람들은 즐겨 보게 된다.

사람에게는 타인의 삶이 어떤지를 엿보고, 그것을 통해 대리 만족을 하는 심리가 있다. 그것을 만족시켜주는 것이 블로그이다. 비록 유명 연예인도 아니고, 엄청난 사람의 대단한 일상도 아니지만, 주변 이웃 사람들의 일상을 통해 사람들은 힐링을 하고, 대리 만족을 한다. 리얼리티 방송처럼 블로그는 사생활의 면면을 보여준다. 그러다 보니 개인 정보가 노출될 수 있다. 이 점에 주의를 기울이고 글을 쓴다면 누구나 행복한 블로거 생활을 할 수 있을 것이다.

자고 나면
후회할 글을
_____ 쓰지 마라

어느 날 경찰서에서 연락이 왔다. 경찰서에서 전화를 받는 일이 생기다니 후덜덜, 다리가 바르르 떨릴 일이다. 죄진 것도 없는데 전화기 너머로 들리는 형사님의 목소리는 나를 겁먹게 했다. 세상에서 경찰관이 젤 싫어진 순간이다. 하하하! (무서워요.)

형사님: 멍젤라…라는 블로거 맞으신가요?

멍젤라: 네… 무슨 일이죠?

형사님: 그, 결혼준비업체 카페 대표가 고소를 해가지고예, 나와서 조사 좀 받으셔야 할 것 같습니다.

멍젤라: …………헐? 거기서 절 고소를 했다고요? 알겠습니다. 나갈게요.

뭐 이런 어이없는 상황이 연출됐다. 내 공간에서 나 혼자 주절주절 억울하다고 열 받는다고 떠들었던 글이 고소를 당했다.

결혼 적령기였던 멍젤라는 한 결혼 카페에 가입해 활동했다. 친한 블로거 동생인 '복꼬단미'가 웨딩플래너 일을 하고 있었기에 하루는 이 친구랑 같이 웨딩홀을 돌아보며 투어한 글을 올렸다. 다녀온 웨딩홀에 대한 정보를 내 블로그에는 자세히 올리고 결혼 카페에는 신규 오픈하는 그 웨딩홀을 궁금해하는 신부들이 많길래 도움이 되길 바라는 마음에서 후기를 올렸다. 그런데 1시간도 안 되어서 내가 강제탈퇴 처리가 되어 있었다. 황당해서 운영자에게 쪽지를 보냈는데, 답장도 없길래 그날 저녁 열이 받아서 혼자 주절거리고 내 블로그에 떠든 일이 있었다.

그 일로 카페 운영자가 네이버에 신고를 넣어 내 블로그를 블러 처리를 시켰고, 경찰서에 명예훼손으로 고소까지 한 것이다. 카페에 미리 공지가 되어 있었다는데, 사실 카페 활동하는 사람들은 회칙이나 이용 수칙을 꼼꼼히 읽지는 않는다. 그리고 가입할 때 그 내용이 공지되어 있었다고 하는데 기억이 없었다. 나중에 안 사실이지만 '홍보 글 링크 금지법'을 내가 어겼다는 것이었다.

누군가와 사귈 때 그 사람의 가족, 가훈, 친지, 지켜야 할 일에 대해서 모두 다 알고 사귀는 사람이 없는 것처럼 카페의 수칙을 달달 외우고 활동하는 사람도 거의 없다.

어쨌든 강제탈퇴를 당하니 기분이 상당히 나빴다. 이런 글은 탈퇴처리 될 수 있다고 미리 경고라도 줬으면 주의했을 텐데 너무 인간적이지 못한 처리에 화가 난다고 글을 올렸다. 뭐 지금 생각하면 그냥 무시해버리고 그 카페 이용을 안 하면 그만인데, 당시에는 너무 황당하고 기분이 나빴다.

이것이 업체와 개인 블로거의 차이다. 업체를 상대로 싸워야 했기에 무섭기도 했다. 처음 가보는 경찰서도 너무 낯설고 무서웠다.

조사를 받으러 가서 성심성의껏 있는 그대로 대답을 했다. 그런 정보를 올리면 나처럼 통보도 없이 탈퇴처리를 당하니까 거기 회원들은 조심하라는 글을 올린 것이 뭐가 문제인가? 충분히 정보성이 있다고 생각했고 오히려 내가 당한 게 억울하고 화가 난다고 이야기했다. 뭐 그러한 이야기들을 하다가 멍젤라의 블로그는 블로그로 돈을 버는 곳인가, 개인이 운영하는 일상 블로그인가라는 질문이 나왔다. 당연히 나는 돈 버는 것을 올린 적도 없는 개인 블로그라고 대답하고 조사를 마치고 나왔다.

그 후 대질심문이 있어서 또다시 방문한 경찰서에서

업체의 사장과 마주했다. 그곳에서 경찰은 다시 나에게 질문을 했다.

"이분 이야기 들으니까 일상, 개인 블로그가 아니라 협찬도 받고 돈도 벌고 뭐 그런 블로그라던데요? 맞습니까? 그때는 일상 블로그라 그러셨는데, 상업적인 블로그라고 하시던데요?"

나는 이 말을 듣고 엄청 화가 났다. 지금 이 사건과 내 블로그가 영업용인지 개인용인지가 무슨 상관이 있느냐고 따져 물었다. 협찬을 받고, 대가를 받으면 모두 상업적인 블로그란 소린가? 내 진실된 이야기들 때문에 내가 이상한 여자가 되는 건가? 별 생각이 다 들었지만 당당하게 나는 개인 블로거이고, 블로그로 이득을 취할 생각이었으면 직장 생활 안 하고 거기만 매달리지 않았겠냐고 이야기했다. 내가 유명하지 않은 블로거였다면 이런 자리에 불려오지도 않았겠지… 그렇다고 내가 뭐 얼마나 파워블로거이고 영향력이 있다고 명예훼손죄로 나를 경찰서에 불러 앉혔나 싶었다.

그 자리에서 업체 사장은 이 일말고도 다른 일을 하는 사장이라고, 이런 거 간섭하기 싫었지만 직원들이랑 회원들이 내 글을 보고 신고를 해주고 그래서 고소를 하기로 마음먹은 거라고 했다. 서럽기도 했고 억울하기도 했다. 지금까지 블로그를 운영하면서 가장 기억하기 싫은 순간이었다. 물론 시간이 지난 후 사건은 나의 무죄로 끝이 났다.

블로그라는 공간은 그렇다. 내가 하고 싶은 말을 무턱대고 내뱉었다가는 황당한 일을 겪을 수 있다. 특히 나처럼 엉뚱 발랄한 블로거라면 순간의 감정으로 하고 싶은 말다 했다가는 하룻밤 지나고 나면 후회하면서 해당 글을 내리는 일이 벌어지기도 한다.

진실된 이야기랍시고 떠들었던 나의 글은 누군가에게는 고통이었다. 블로그라는 오픈된 공간에서 활동하는 여러분은 조금의 책임감을 느끼고 운영을 해야 한다. 내가 이런 바보 같은 일을 당한 것은 나의 부주의가 한몫을 했다. 그로 인해서 심적, 물적 피해를 입은 사람이 생겼으니 어쨌든 미안한 일이기도 하다. 내 억울한 마음에 사실 그대로를 공개하며 떠들어버린 것이 비방이 되고, 명예훼손이 되었다.

사실 입장을 바꿔놓고 생각하면 이해가 간다. 엄마의 가게를 신나게 깐 블로거가 있다면 나 역시도 그 업체 사장님처럼 했을 수도 있었을 테니… 하하하! 조심하세요. 항상 검색하고 있습니다.

블로그 글은 순화해서 써야 한다. 진실된 정보라도 피해를 입는 상대가 있다면 조금은 둘러 말할 필요가 있다.

아니면 정말 궁금해하는 사람이 댓글로 물어온다면 그때 슬쩍 흘려주는 방법도 있다. 글을 통해 해당 업체가 어딘지, 누구를 지칭하는 것인지를 알 수 있게 하면 안 된다.

지금의 멍젤라 블로그에는 억울함을 토로한다든가 열 받는다고 마구 써 내려간 글들은 극히 드물다. 마인드 컨트롤을 하기 때문이다. 나는 공개된 곳에 이야기를 담는 일상 블로거지만, 누군가가 봤을 때는 상업 블로거로 보이기도 하고 엄청난 유명 블로거로 보이기도 하고, 사람들에 따라서 생각하는 것이 모두 다르다. 사람들마다 시각이 다르다는 것을 염두에 두고 글을 써야 한다.

자신이 당한 경험에 대해서 굳이 악평을 남기지 않아도 사람들은 다 눈치를 챈다. 글을 읽는 사람들은 행간에 묻어나는 그 의미를 파악하기 때문이다.

그래도 너무 억울하고 답답한 일을 생긴다면, 한 가지 팁을 주겠다. 너무 화가 나서 주체가 안 된다면 상대가 누군지 모르게 모자이크나 블러 처리를 하고 제대로 까버려라. 업체명도 A업체, 혹은 A양 등으로 표기하고. 그래야 속이 후련하다면 말이다. 하하하!

나는 이런 큰일을 겪고 나서야 알았다. 나는 내가 생각한 것보다 엄청난 유명인이었어! 싸인 연습해야지ㅋㅋ

욕심은
저품질로 가는
_____ 급행열차

　　욕심쟁이 우후훗! 아, 이 한마디에
가수 심신이 생각나는 나는 분명 80년대생이 틀림없다. 개
그맨 유세윤이 생각난다면 요즘 사람들이겠지… 어쨌든
블로그를 하다 보면 욕심이 마구마구 생긴다. 블로그가 점
점 커지게 되고 많은 업체들이 찾아와서 쪽지를 남겨준다.
자신의 가게에 와서 실컷 먹고 후기 적어달라는 쪽지, 신
제품 출시했으니 써보고 평가 남겨달라는 쪽지, 어디 어디
방문해서 여행 실컷 하고 가라는 쪽지… 기타 등등!

　　사실 블로그를 하면서 가장 많이 듣는 소리가 "너 블
로그하면 돈 많이 벌겠다"이다. 통장을 떡하니 까놓고 보
여주고 싶다. 나는 블로그를 돈 벌려고 하는 게 아니다.

　　멍젤라의 블로그가 인지도가 높아질수록 진짜 협찬

쪽지는 엄청났다. 수많은 쪽지들을 골라내는 것도 일이었다. 그러다 보니 욕심은 커져만 가고, 블로그 글들은 나의 일상보다는 협찬 물건들에 대한 후기가 더 많아졌다.

바쁘다. 할일은 너무나도 많아졌고 블로그에 올릴 거리들은 넘쳐났다. 하지만 화장품이고 뭐고 협찬을 실컷 받고 글을 쓰면 뭐해, 쓰지도 않고 쌓아두거나 친구들에게 나눠주기 바빴다. 내가 이렇게까지 협찬을 받아가면서 글을 써야 하나라는 고민과 자괴감이 들었다. 진짜 필요해서가 아니라 습관처럼 욕심을 부려서 쪽지에 로봇처럼 답장을 하고 있는 나를 발견했다.

어느 날 문득 내 글을 보고 있자니 정말 재미없는 블로그가 되어 있었다. 협찬글에 파묻혀 나의 일상은 없었다. 내 일상을 보러 오는 사람들이 점점 줄어든다는 것을 느낄 수 있었다. 그래서 이제는 협찬글을 조금 자제하고 있다. 물론 유혹을 다 뿌리치진 못하고 필요한 것은 적절히 이용한다. 특히 여행 관련 협찬은 아직도 뿌리치지 못하고 넙죽거리고 있다. 하지만 후기는 칭찬 일색이 아니라 최대한 정직하게 쓰고 있다. 어쨌든 지금의 멍젤라는 다시 예전처럼 일상 이야기에 무게 중심을 두고, 가끔씩 협찬글을 올리면서 블로그를 운영하고 있다.

주변에 저품질 블로거로 전락한 친구들이 몇몇 있다.

한때는 잘나가던 블로그였는데 한순간에 혹 내려앉았다는 소식에 마음이 불편했다. 나도 그렇게 될까 두려웠다.

하루에 몇만 명을 찍는 블로거가 있었는데, 그는 유명 메이커의 옷, 신발, 유모차 등 육아용품을 협찬받고 있었다. 그것을 보면서 "와… 나도 만 명이 넘어가면 저렇게 될까"라고 기대하면서 부러워했다.

그러던 어느 날 네이버에서 점검이 들어갔다. 블로거들에게는 이 시간이 정말 가슴 졸이는 순간이다. 점검 이후에 저품질 블로그들이 속출하기 때문이다. 어라? 그 몇만 명이나 들어오던 블로그가 한순간에 500명이 되고 300명이 되었다. 이유인즉슨 방문자 수를 조작했다는 것이었다.

"아, 뭐야! 방문자 수를 조작한 거야?"

방문자 수를 조작하는 불법 프로그램이 유행처럼 번지고 있었다. 생각보다 많은 블로거들이 그 유료 프로그램을 이용하고 있었고, 내가 부러워했던 그 블로거도 그중의 하나였다. 당시 2천 명이 겨우 넘던 나는 만 명을 부러워하고 있었는데 조작된 것이었다니! 그것은 나에게 충격적이었다. 뭐 그 사람들이야 저품질을 먹기 전까지는 그 프로그램 덕분에 많은 혜택들을 받았으니 돈값은 한 거라고 생각할 테지만, 앞으로 계속해서 블로그 활동을 해야 하는 나로서는 뭔가 구렁텅이에 빠진 느낌이었다. 내가 아끼고 갈고닦은 공간이 무슨 이유에서든지 간에 저품질로 전락한다면… 나는 한순간 길을 잃어버렸다.

사실 나도 잠시나마 악마의 유혹에 솔깃하기도 했다. "방문자 수를 뻥튀기하면 진짜 파워블로거로 보일 수 있을 거야." 그때 나는 내가 블로그를 하는 이유를 곰곰이 생각해보았다. 나의 일상을 솔직하게 보여주고 소통하기 위해서 시작한 블로그인데 거짓으로 운영한다면 스스로에게도 창피할 것이고, 이웃들에게도 죄를 짓는 것이다. 그렇게 생각하니 유혹을 뿌리칠 수 있었다.

지금 멍젤라는 차근차근 밟아 올라가고 있다. 애착을 가지고 쓴 글들이 모이면서 방문자 수가 늘어나고 있다. 이렇게 진심을 다해 글을 쓰다 보면 언젠가 파워블로거가 되겠지. 뭐 그게 꼭 중요한 것은 아니지만.

블로그를 생성만 해도 받게 되는 쪽지가 있다.

"블로그 삽니ㄷr. 매입합니다. 100만 원에 삽니다."

이 망할 광고 업체들은 하루에도 수십 통씩 내 블로그를 사겠다고 연락이 온다. 그리고 또 이런 쪽지도 온다.

"하루 10분이면 3만 원 당일 지급해 드리는 포스팅 업로드 활동이 있습니다!!!^_^ 저희는 개인 소득공제 처리하는 정식 등록 업체입니다. 게임, 생활, 식품, 다이어트, 뷰티 등 다양한 사업을 진행 중입니다. 저희 에디터들이 작성한 글과 이미지를 n블.로.그에 그대로 업로드 해주시기만 하면 됩니다. 유사문서 걱정은 절대 없어요:@)"

아, 블로그로 돈을 벌 수 있다니 이런 쪽지를 받으면 다들 혹할 수밖에 없다. 내가 아는 블로거만 해도 이런 바이럴 업체들 때문에 날려먹은 블로그가 한두 개가 아니기에 나는 절대 결사반대인 쪽지들이다. 돈 3만 원에 눈이 멀어 갈고닦아 온 블로그를 날려버리는 후회를 하지 않도록 해야 한다. 이것 팔고 다른 아이디 만들면 된다고 생각하겠지만 새로운 아이디를 최적화시키기까지의 과정은 험난하고, 또 최적화가 된다는 보장도 없다. 아무리 해도 지금처럼 잘되는 블로그를 또다시 만들기는 어렵다. 간곡하게 말하는데, 저런 쪽지가 오면 열지도 말고 읽지도 말고 바로 삭제해버려라.

저런 바이럴 업체의 쪽지를 덜컥 물면 당장 조금의 수익은 생긴다. 그런데 바이럴 마케팅 용도로 블로그에 이상한 글들이 올라가면 구독하던 사람들은 주인이 바뀐 건지 의아해한다. 창원에 사는 여자가 어느 날 갑작스레 수원 맛집, 청주 맛집, 광주 맛집, 강원도 맛집들을 마구잡이로 업로드한다면 진정성이 느껴지겠는가?

방문자 수도 갑자기 오를 수 있다. 바이럴 마케팅을

하게 되면 그 광고 업체에서 스크랩을 마구잡이로 해가거나 아이디를 바꿔가며 댓글들을 마구 달기 때문이다.

네이버는 여러분이 생각하는 것보다 훨씬 똑똑하다. 여러분의 블로그가 뭔가 이상하다고 느껴지는 순간 감시의 대상이 된다. 안 올라오던 이야기들이 마구잡이로 올라오거나, 지역에 관계없이 마구 업로드되는 글들이 포착되는 순간 눈치를 챈다. 자주 방문하는 사람들이 느끼는 그 느낌을 네이버 로봇도 느낀다. 아니, 오히려 사람보다 더 빨리 눈치를 채고 언제 블라인드 처리를 할 것인지 기다리고 있다고 보면 된다.

욕심은 저품질로 가는 급행열차이다. 그러니 욕심을 버려라. 방문자 수도 지금 당장 중요하지 않다. 협찬품에 눈이 멀어서 내 블로그의 수치만 높인다고 다가 아니다. 돈 100만 원 벌기 위해서 소중한 공간과 개인 정보를 한꺼번에 팔아넘기지 마라. 다시 만들려면 지금보다 더 어려운 장벽들이 기다리고 있을 것이고, 다시 그러한 블로그를 만들 수도 없다. 지급해주는 원고 그대로 써주고 3만 원씩 벌기는 쉽지만, 그럴수록 저품질에 더 가까이 가고 있다는 사실을 명심하라. 무슨 일이든 욕심이 생기기 시작하면 잘되던 일도 안 되기 마련이다.

사랑이
어떻게
_____ 변하니?

"사랑은 돌아오는 거야!"라고 하면서 드라마 속 유명 배우가 부메랑을 던지던 모습이 생각난다. 아… 나 또 이거 알면 나이 들통 나는 거임?

어쨌든 사랑이 어떻게 변하니! 블로그의 애정만큼은 처음처럼 아껴주고 사랑해줘야 하거늘, 변하게 되면 방문자 수와 사람들의 반응도 변한다.

이 말은 지금까지 계속해서 반복해오고 있다. 그만큼 중요하기 때문이다.

"처음과 같은 마음으로 주인님 변치 말아주세요!"

초기에 블로그를 운영할 때 한 이웃이 나에게 조언을 해줬다. 방문자 수를 높이려면 이슈가 되는 이야기를 자주 담아봐. 방문자 수 일단 뽑아내고 협찬 상품부터 제대로 바뀌는 걸 느껴보라고….

쫑긋! 누구나 들으면 쫑긋할 이야기다. 이슈라 이슈… 뭐가 있나 고민하던 천하무적가연은 당시 한창 인기있던 MBC 드라마 〈동이〉에 대한 이야기를 올리기로 했다. 그래서 열심히 드라마를 보고 동영상 캡처를 떠서 이래저래 마구 올렸다. 〈동이〉가 끝나면 언제나 실시간 검색어에 동이가 오르곤 했으니 덕분에 내 블로그는 날개를 훨훨~ 달기 시작했다. 드라마 이야기를 올리니 엄청난 댓글들이 달리면서 댓글 창에는 이러쿵저러쿵 토론의 장이 열리기도 했다. 방문자 수도 꾸준히 늘어났고, 그게 재밌어서 드라마 이야기에 푹 빠져 있었다. 그러던 어느 날, 드라마 이야기를 쓰다가 이웃이 달아놓은 댓글에 심장이 쿵 내려 앉았다.

"가연님의 자취생 일상이 너무 재밌어 들어왔는데, 이젠 관심도 없는 드라마 이야기만… 댓글에 쓸 말도 없고 의무감으로 글을 남기는 기분이에요. 예전처럼 돌아와 주세요, 힝…."

항상 나는 이렇게 뒤늦게 깨닫는 편이다. 이 외에도 여러 에피소드를 통해 처음 그대로 꾸준히 블로그를 운영한다는 것이 상당히 어려운 일이라는 것을 알게 되었다.

이 일을 통해 스포츠나 드라마 관련 영상은 저작권 때문에 개인 블로그라 하더라도 올리면 잘린다는 것도 알게 되었다. 내가 애써 편집하고 재구성하고 무슨 짓을 했더라도 영상 속에 해당 방송국의 저작권이 발생하기 때문에 동영상이 등록됨과 동시에 네이버에서는 재생이 되지 않게끔 만들어버린다. 그래서 적어놨던 글을 다시 보려니까 포스팅이 개판이 되어 있었다. 벌 받는 거구나.

네이버에서 등록되는 글은 모두 이렇게 걸러지고 분류된다. 남들도 똑같이 올리는 사진을 내 블로그에 사용하면 네이버는 이 사람, 저 사람 글들을 다 분석하여 같은 사진이 떠돈다고 느껴서 광고글 혹은 감시 대상으로 분류한다. 때문에 블로그를 바이바이 해야 하는 경우가 생긴다.

이슈가 되는 글은 좋다. 내 블로그에 쑥쑥 영향을 주기 때문이다. 하지만 남들이 올린 사진을 그대로 복사해서 사용하는 것은 바보 같은 짓이다. 편집이 가능하다면 최대한 남들과 다르게 재편집해서 올리는 것이 좋다.

드라마쟁이 천하무적가연이 되었던 그때, 그 이웃의 댓글을 통해서 나는 흐트러진 마음을 다잡을 수 있었다.

그 일 이후로 멍젤라는 최대한 이슈를 피해 다니는 겁쟁이가 되었다. 실시간 검색어에 오르는 것은 되도록 피해서 적는다. 이제는 '반짝이'라는 사실을 알기 때문이다. 급작스럽게 하나의 단어로 방문자 수가 확 오르는 것은 블로그에 그렇게 좋은 영향을 주는 것이 아니란 걸 깨달았다.

가끔은 나도 멍하니 나보다 방문자 수가 월등히 높은 블로그들을 보게 된다. 그러한 글들을 보면서 멍젤라는 뭐가 문제인지, 어떤 글을 적으면 더 많은 사람들을 끌어당길 수 있을지를 생각해본다.

사실 하루에 5천여 명을 만나고 있는 멍젤라라는 여자의 욕심은 아직도 끝이 없다. 하지만 내 욕심대로 블로그가 되지는 않는다. 블로그는 욕심이 아니라 노력에 의해서 결정된다. 그것을 알기에 지금 이 순간을 감사히 여기고 매일매일 나의 소중한 공간을 꾸미고 있다.

"체험단 모집! 유명 메이커 상품 협찬! 일 방문자 수 만 명 이상 지원 가능"

흐잉… 갖고 싶다. 매우 갖고 싶다. 하지만 나는 신청조차도 못하기 때문에 눈을 감는다. 사실 이런 경우가 많기에 속상함에 몸부림친다. 댓글 창에 쑥쑥 일일 방문자 수를 멋지게 적어놓는 블로거들의 신청 글을 볼 때면 부러움이 사무친다.

숫자에 연연하지 말자… 처음처럼… 마음을 내려놓자…라고 마음먹지만 사실 잘 되진 않는다. 멍젤라도 여자이고 사람인지라 너무나도 부럽긴 하다. 하지만 이제 흔들리지 않는다. 내가 좋아하는 글들을 쓰기로 한 것이다.

행여 이러한 이벤트에 욕심이 나서 편법을 쓰고자 하

는 사람은 블로그 저품질을 생각해보라.

블로그가 저품질에 빠지면 새로 블로그를 만들든지 아니면 기존의 블로그를 열심히 운영하든지 둘 중 하나이다. 그렇게 해도 저품질에서 빠져나오기가 쉽지 않다. 예전에는 네이버에서 최적화 블로그를 만드는 방법들이 많았고, 실제로 그렇게 하면 되는 경우도 많았다. 하지만 갈수록 어려워지고 있다. 여러 블로그 강사들은 자기한테 배우면 최적화가 된다고 유혹하고 있지만, 블로그 초보에게는 쉬운 일이 아니다.

그러니 방문자 수처럼 겉으로 보이는 것에만 연연하지 말고 자신만의 블로그를 운영해야 한다. 고수보다 무서운 게 초보이다. 조심스러운 블로그 고수 멍젤라보다 천하무적가연이 더 패기 있고 용기 있는 도전들로 사람들을 즐겁게 했다. 블로그 글 쓰는 법칙 따위 모르고 이것저것 써보고 이렇게 저렇게 해보면서, 방문자 수 연연하지 않고 신나게 글을 쓰던 그때가 그립다. 이제는 이것도 하면 안 되고 저것도 하면 안 되고 하는 그런 마음을 먹고 포스팅을 하다 보니 살얼음판을 걷는 기분을 느낄 때도 있다.

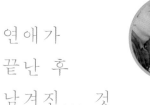

연애가
끝난 후
_____ 남겨진... 것

으헝헝. 이 글을 쓰는 오늘이 오긴 왔
다. 사실 너무나도 민망하기도 하고 슬픈 추억이기에 담기
가 꺼려졌지만, 나와 같은 실패를 다른 사람이 겪지 않도
록 이렇게 조용히 속삭인다. 조용한 게 맞는지 모르겠지만,
조용하게 속삭이는 걸로 해주기로! 우리만의 비밀로 해요.

박젤라 시절, 나는 블로그를 통해서 공개 연애를 했
다. 아, 진짜 오래 갈 줄 알았고, 결혼 이야기가 속닥거려지
는 사람이었기에 블로그에 당당하게 얼굴을 공개하며 커
플 이야기들을 담았다. 함께 여행을 가고, 옷을 맞추고, 커
플 아이템들을 올려가며 박젤라는 사랑꾼으로 알려졌다.
이 사람과 결혼할 것이라고 여겼기에 뭐든지 함께 하면서
당당할 수 있었다. 정말 하루하루 꽃피던 시절이었다. 약

174

1년 반을 만나면서 내 블로그는 '연애하는 여자'로 마구마구 소문이 났다.

창원 바닥은 매우 좁았다. 같이 백화점 쇼핑을 하거나 카페에서 데이트를 하고 나면, 창원 어디에서 우리를 봤다는 댓글이 어김없이 달렸고, 사람들은 우리 둘 사이를 너무 예쁘게 봐주었다.

그러나 연애는 그리 오래가지 않았다. 서로의 성격 차이를 1년 반이나 만난 후에야 깨닫게 되었고, 결혼 문제들로 트러블이 생기기 시작했다.

나는 술을 즐겨 하지 않기에 남친과 술 먹는 일이 별로 없었다. 그런데 어느 날 내 친구들 모임에 함께 간 남친이 술을 많이 마시고 내게 큰 실수를 했다. 그리고 우리는 헤어졌다. 헤어지고 마음고생은 잠시였다. 너무나 큰 충격이었기에 그냥 빨리 잊을 수 있었다. 그런데… 눈앞이 아찔했다. 내 블로그를 어떻게 할 것인가!

아… 큰 잘못을 했다. 내 블로그에 온통 그 구 남친의 얼굴이 깔려 있었고 리뷰며 뭐며 엉망진창으로 온갖 폴더에 죄다 걸려 있었다. 그걸 다 닫으려면 나의 모든 글이 안 보여야 했다. 그래서 그 구 남친의 얼굴이 나오는 리뷰나 글은 모조리 비공개 처리를 시키기 시작했다. 그렇게 가리고 나니 총 1,000개의 글 중 보여지는 글이 600개 정도 남았다. 아… 망했다. 연애를 할 당시에는 너무너무 좋았지만 이렇게 되고 나니 너무 허무하고 슬펐다. 애써서 키워놨던 블로그가 비공개 처리가 되니 답답하기도 하고 속상하기도 했다. 그렇게 나는 박젤라 블로그를 버렸다. 올 비공개! 큰 교훈을 하나 얻으면서 과감하게 안 보이게 했다.

그리고 새로 태어난 멍젤라! 새 블로그에서는 절대 남친 공개는 없을 거라고 다짐했다. 사실 옮긴 이유를 아는 사람은 몇 없다. 친한 친구들만이 박젤라가 왜 멍젤라로 갈아탔는지 알고 있었을 뿐인데, 이렇게 내가 고백을 하는 타임을 가지게 되다니… 하하하!

다시 생각하기도, 떠올리기도 싫은 슬픈 연애사이다. 지금은 두 번 다시 겪고 싶지 않은 민망함이다. 사실 그 일이 있고 나서 삭제를 한 것이기보다 폴더 전체를 비공개로 돌리고 메인화면은 살아 있었기 때문에 많은 기존의 이웃들은 내가 블로그를 옮겨갔다는 사실을 공지를 통해 알게 되었다. 그 블로그가 살아 있었기에 가능한 일이었다.

어느 날, 오랜만에 블로그 통계 수치를 보러갔다가 당황하고야 말았다. 블로그를 누가 어떻게 검색을 하고 들어왔는지 알 수 있는데, 황당한 것이 그 검색어가 1위였다는 사실이다.

'박젤라와 곰탱이'

푸하하! 아, 뭐 이런 창피한 검색어가 다 있었나 싶다.

그랬다. 우리 연애 이야기를 궁금해하고 보러 오는 사람들이 많았다. 알콩달콩 이쁘게 사귀는 게 보기 좋다던 사람들이 많았으니까 충분히 그럴 만했다. 그 검색어를 보는 순간 블로그 초기화를 나는 눌렀다지….

사실 헤어진 구 남친님도 연락을 해와서 제발 자기 관련 글 좀 네이버에서 보이지 않게 해달라고 했다. 나뿐만 아니라 함께 친했던 친구에게까지 부탁을 했더란다. 공개 연애의 후폭풍은 이토록 심각하다.

이젠 머리가 좀 좋아졌다. 썸남이 생기거나 남친이 생기게 되면 내 일상에 어떻게든 스치듯 나오게 되는데, 그때 할 수 없이 올리게 된다. 그럴 때는 어떻게 하느냐? 폴더를 하나 생성하고 그곳에만 올렸다. 헤어지게 되면 그 폴더만 비공개 처리하면 되니까 막노동은 필요 없다. 하하하! 공개 연애를 통해 배운 노하우라고 해두자.

내가 아는 블로거 중에도 이런 피해를 입은 사람들이 꽤 있다. 공개 연애를 하면서 행복해하는 블로거들이 많이 있다. 그렇게 해서 결혼까지 골인한다면 너무너무 축복받을 일이고, 연애 이야기가 오롯이 행복한 추억으로 남게 될 것이다. 하지만 결혼까지 가지 못하고 헤어진다면 블로그 자체가 사라지게 된다. 정말 친했던 나의 이웃 몇몇이 그래서 블로그가 없어진 경우도 있다. 물론 다른 닉네임으로 복귀는 했지만 다시 블로그를 살리기가 쉽지 않았다.

아직도 이웃들의 블로그를 방문하면 알콩달콩 깨 볶는 연애 이야기들이 마구 올라올 때가 있다. 질투가 나서가 아니라 블로그 경험 선배로서 그러지 말라고 말리고 싶다. SNS의 경우는 뭐 지워버리기 편한 곳이니 상관없지만 블로그에는 절대 올리지 말기를. 연애를 하더라도 남친의 얼굴은 공개하지 마라. 정 올리고 싶거들랑 정리하기 쉽게 폴더를 만들어서 올리고, 일이 잘못되면 폴더 전체를 비공개로 돌려버려라. 하하하!

어쨌든 청춘들이 불타는 연애를 하다 보면 뒷생각을 하지 않고 블로그에 마구 공개하고 축복받는 연애를 하고 싶어 한다. 나 역시 그랬다. 그로 인해 커플 아이템이나 협찬품을 많이 받기도 했다. 그때는 정말 좋았다. 하지만 다시 공개 연애를 할 거냐고 묻는다면 나는 절대 No!라고 0.1초의 망설임도 없이 대답할 것이다. 사랑하는 사람과의 일상은 자신의 개인 SNS에 담고 친한 친구들에게만 공개해도 괜찮다.

공개 연애를 해봤던 나는 쓰디쓴 아픔을 겪은 만큼 크게 성장했다. 많은 친구들이 연애 이야기 때문에 잘 운영하던 블로그를 잠정 폐쇄하는 것을 보면 선배로서 안타

깝기만 하다. 조용히 댓글로 "폴더 분류하세요"라고 속삭이고 싶지만 예의가 아닌 것 같아서 대신 "넘나 예쁜 커플이네요! 부러워요!"라고 댓글만 달아주고 만다. 지금의 아름다운 사랑을 추억하고 싶어서 담는 블로그라면 내가 더 할 말이 없지 않은가. 하지만 오랫동안 동고동락할 생각이라면, 미래를 생각하고 운영하는 법도 필요할 것이다.

남친과 헤어지고 나서 멍젤라로 살고 있었는데, 누군가가 안부글을 적어왔다.

"젤라님, 제가 주제넘게 이런 소리를 해도 될지 모르겠지만, 곰탱님이랑 잘 지내시는 거 맞죠? 엊그제 롯데아울렛을 갔는데 그분이 다른 여자 분이랑 팔짱을 끼고 가시는 걸 봤어요. 저는 젤라님 팬이기도 하고 응원을 하는 사람인데 그걸 보니 화가 나더라고요. 이건 이야기해드려야 할 것 같아서요. 같은 여자로서 바람 피우는 남자는 아닌 것 같아요. 젤라님 잘 대처하시리라 믿어요. 힘내세요."

세상에… 푸하하하하하! 아, 민망해라. 나의 빠른 답변은 이랬다.

"아 너무나도 제 걱정을 해주시는 것 같아 감사합니

다. 감동적이네요. 구 남친이 새 여친과 데이트하는 걸 보셨나 본데 행복해 보이던가요. 벌써 새 여친이 생겼단 소식을 들으니 화나네요. 제가 진 것 같네요. 얼른 저도 새로운 남친과 행복해지겠습니다. 오늘부터 소개팅 다닐게요. 너무 감사해요. 앞으로도 멍젤라 자주 와서 제 글 읽어주시고 좋아해 주세요."

창피해서 쥐구멍이라고 숨고 싶었다.

블로거 여러분, 공개 연애는 하지 마세요, 제발! 내가 뜯어 말릴 거야. 아니면 폴더를 하나 꼭 만들어서 정리라도 쉽게… 하하! 아 슬프다. 오늘밤은 맥주가 땡긴다.

직업이 되면
고통이
_____ 따른다

"넌 직업이 뭐니?"
"블로거인데요!"

　일반인들을 대상으로 고민 상담을 해주는 TV 프로그램을 보았다. 와이프가 블로그에 빠져 있어서 너무 고민이라는 남자가 나왔다. 라면을 먹으려면 40분이 걸린다고 한다. 먹기 전에 먼저 사진을 찍어 올리고, 남편은 모델이 되어야 한다고 한다. 이런 여러 가지 문제들로 블로거가 직업인 와이프 때문에 스트레스를 받아서 나왔다고 한다.

　파워블로거라는 여자, 냉장고며 TV며 엄청난 물건들을 협찬받고 있는 진짜 직업이 블로거인 사람이었다. 공개된 딸도 엄청나게 귀엽고 예뻤다. 그 프로그램이 방송되고

나서 그 여자의 블로그는 인기가 폭발했다. 물론 좋은 것
과 나쁜 것 둘 다였겠지만….

　나의 기분도 반반이었다. TV에 나와서 자신이 블로거
라고 말하는 사람들 때문에 블로거에 대한 인식이 안 좋아
진 건 사실이다. 솔직히 말해서 냉장고나 TV를 협찬으
로 받는다면 매사 제쳐두고 블로그에 매달릴 법도 하다.

　그 여자의 블로그에 들어가 보았다. 너무나도 잘 꾸며
진 엄청난 파워블로그였다. 역시 예쁜 딸은 유아동복 모델
을 하는 듯했고, 고민이라고 상담하러 나온 남편의 사진들
도 볼 수 있었다. 직접 모델이 된 가족들의 모습을 블로그
곳곳에서 볼 수 있었다. 그 방송 이후에 일어난 일들에 관
한 포스팅도 있었다. 나쁜 의도로 나간 것도 아니고 홍보
목적으로 나간 것도 아닌데, 사람들에게 이상하게 비춰져
너무 속상하다는 글이었다. 그 밑에는 댓글이 엄청나게 달
려 있었다. 짐작이 가는 내용이었다.

　"고민이라는 남편이 옷 협찬받은 것 모델 해가면서
포즈도 취해주시고 별로 스트레스 안 받아 보여요."
　"딸 스타 만들기 하려고 나온 거야? 아님 쇼핑몰 홍보
차 나온 거야?"
　"블로그 방문자 수 높이기도 가지가지."

그 블로거의 스트레스를 예상할 수 있었다. 파워블로그로 알려지고 협찬 물품이 많아지면 눈코 뜰 새 없이 바빠진다. 부수입에 따르는 그만큼의 노력과 수고가 필요하다. 그 블로거는 방송에 나온 후로 사람들에게서 잊혀지기 전까지 수많은 악플에 시달렸을 것이다.

나는 그 사람의 블로그를 보고 그간의 노력을 짐작할 수 있었다. 그건 블로그를 열심히 운영해본 사람만이 안다. 어쨌든 사람들이 너무 비난만 안 했으면 좋겠다는 마음이었다. 이런 것을 예상했기에 그 블로거가 방송에 나왔을 때 처음부터 우려 반 부러움 반이었다.

나는 취미 생활로 블로그를 시작했다. 그러다가 멍젤라가 창원에서 이름이 알려지면서 여러 광고사, 업체, 개인들이 연락을 해왔다. 궁금한 게 있다고 해결해 달라는 분도 있었고 디자인을 의뢰하는 사람도 있었다. 그러다가 교정전문치과에서 콜이 왔다. 나는 이것도 직업이 되면 괜찮겠다는 생각으로 흔쾌히 수락했다. 그렇게 나는 쇼핑몰 디자이너와 MD 일을 해오던 지난날을 청산하고, 병원 홍보팀에서 근무하게 되었다. 블로거가 직업이 된 것이다.

그런데 블로그 운영이 취미가 아니라 직업이 되니 즐거움이 아니라 스트레스가 되기 시작했다.

원장님의 의견과 나의 의견을 함께 반영해야 했고, 지역의 특성도 살펴야 했다. 개인 블로그가 아니라 병원(업체)을 홍보해야 하는 블로그다 보니 그 병원과 업무에 대해서도 잘 알아야 했다. 그것을 파악하는 데도 상당한 시간이 걸렸다. 내가 그 병원의 한 구성원이 되어야만 가능한 일이었다. 개인 블로그를 운영하고 있는 중에 병원 것까지 운영하게 되니 나중에는 짜증이 나면서 내 개인 블로그마저 소홀해지기 시작했다. 사실 어쩔 수 없는 결과였는지도 모른다.

하지만 이렇게 죽도 밥도 아니게 둘 수는 없었다. 블로거가 직업이 된 이상 훌륭한 직장인이 되어야 하지 않겠는가. 그래서 내 개인 블로그는 퇴근 후 생각하기로 하고, 출근해서 퇴근까지 하루 종일 병원 블로그에 매달렸다. 차츰 시간이 지나면서 요령도 생기고 병원 블로그도 상위 랭크가 되기 시작했다. 내가 그만두고 난 지금까지도 검색이 되고 있는 그 병원 블로그를 보고 있노라면 마음이 뿌듯하다.

노력은 결과물로 보답한다. 블로그를 보고 온 환자들이 쭉쭉 늘어났고, 입소문이 나기 시작한 병원은 걱정과는 달리 어느 정도 유지를 할 수 있게 되었다. 병원은 오픈하고 3년 정도는 홍보에 주력해야 한다. 그 후에는 의사의 실력과 지역민들의 입소문에 달렸다. 오픈 초반을 제대로 노리고 공략해야 한다. 나는 그 3년간 블로거를 직업으로 열심히 일했다. 노하우가 생기면서 취미인 멍젤라와 직업인 히히걸스(병원 블로그 닉네임)로 하루에 두 사람의 삶을 살게 되었다.

그 덕분에 병원 컨설팅 회사를 들어가게 되어 한의원의 블로그를 담당하게 되었다. 디자인 작업부터 글쓰기, 사진 촬영까지 모든 것을 내 손으로 했다. 역시 직업이 되고 나니 힘이 들었다. 일주일 동안 4군데 업체의 블로그를 운영하는 게 쉬운 게 아니었다. 나는 힘에 부치기 시작했고 더 이상의 콘텐츠 생성이 혼자서는 불가능했다. 4군데 한의원의 특성을 살필 시간도 없었고, 직원들과의 교류도 부족했기에 과부하가 걸렸다. 불행인지 다행인지 회사의 사정도 있었고, 개인적인 문제도 있어서 회사를 그만두고 나오게 되었다. 아마 그때 거기서 스트레스를 더 받았다면 내 멍젤라 블로그까지도 때려치웠을 지도 모를 일이다.

회사를 나오면서 나는 다짐했다. 절대 직업으로 블로거를 하지 말자. 하더라도 한군데 업체만 하자. 여러 군데 업체를 맡으면 안 하니만 못한 결과를 낳게 될 것이다.

솔직히 말하면 블로그만으로 광고를 성공할 수 있는 시대는 지났다. 너무나도 많은 SNS나 소셜마케팅, 키워드

광고들이 판을 치는 세상이기 때문에 블로그만으로 승부를 본다는 것은 어리석은 짓이다. 이젠 블로그뿐만 아니라 여러 가지를 함께 잘하는 법을 알아야 한다. 만약 블로거를 직업으로 꿈꾸는 사람이 있다면, 광고 업체에 들어가서 처음부터 하나씩 배우는 것이 나을 것이다. 일상 블로그만 운영하는 사람이 직업 블로거가 되면 한없이 어렵다. 너무나도 다른 형태이기 때문에 쉽게 접근하려면 홍보 회사를 다니는 게 낫다. 블로그뿐만 아니라 여러 SNS 마케팅 방법도 모두 알아야 하기 때문이다.

그리고 블로거를 직업으로 삼기 위해서는 기본적인 디자인 능력은 필수이다. 기업과 가게, 병원들은 전문적인 광고 업체를 끼고 있는 경우가 많고, 디자인은 기본이자 필수로 보고 인력을 뽑는다. 기본기를 잘 닦고 시작하자.

뭐든 직업이 되면 고통이 따른다. 하지만 그 고통을 즐기는 내공이 쌓인 사람이라면 무슨 상관이겠는가. 이러한 직업이 잘 맞는 사람이라면 정말 즐기면서 하면 된다. 블로그를 잘하는 것도 여러분의 특기이고 무기이다. 나는 비록 멘탈 붕괴로 인해 직업에서 손을 떼버렸지만.

그래서 나의 직업이 뭐냐고요? 마약 작가 멍젤라로 불러주면 좋겠다. 블로그든 책이든 글을 통해 누군가에게 행복을 주고 감동을 준다는 것, 멋진 직업 아닌가?

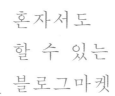
혼자서도
할 수 있는
_____ 블로그마켓

"멍꼬마켓 대대적 오픈!"

'멍꼬'는 멍젤라의 '멍'과 동업자 친구의 닉네임 끝 글자 '꼬'를 따서 지은 이름이다. 멍꼬마켓은 이렇게 블로그로 알고 지내던 지인과 공동 투자하여 만든 쇼핑몰 회사였다.

다들 블로그마켓으로 엄청난 돈을 번다고 했다. 우리도 서로의 블로그만 봐도 알 수 있듯이 당연히 엄청날 것이라고 예상하고 시작했다. 홍보만큼은 우리처럼 잘하는 사람도 없을 테니까 자신이 있었다. 디자인과 보정 등 웹 담당은 내가 하고, 사람 대하는 일을 잘하는 친구는 배송 및 상담을 맡기로 했다.

둘이서 손발이 척척 맞았다. 물건을 떼러 저녁 버스를

타고 동대문에 도착하면 밤 11시. 우리는 고카페인 음료로 잠을 쫓아가며 발이 부르트도록 동대문시장 구석구석을 뒤지고 다녔다. 쇼핑몰 MD 일을 해본 경험이 있는 나는 이 일이 너무 재미있고 신이 났다. 우리가 생각하는 디자인과 금액대의 물건을 사입하여 창원으로 돌아오면 아침이었다. 둘이서 적은 돈으로 시작한 일이어서 별로 부담도 없이 즐기면서 일을 할 수 있었다.

그렇게 물건을 떼 와서는 디카를 들고 촬영을 하러 나갔다. 옷을 갈아입어 가면서 촬영을 하다 보면 하루가 훌쩍 지나갔다. 그렇게 촬영까지 완벽하게 끝내고 나니 일이 한가득 쌓였다.

오픈 전까지 등록을 모두 마쳐야 했다. 각자의 블로그에서 판매를 하면 효율적이겠지만 우리는 일상 블로거였기에 상업적으로 보이기가 싫어서 새로운 블로그를 하나 만들어 그곳을 마켓으로 꾸몄다. 옷 사입부터 디자인, 모델까지 우리가 직접 하면서 열정을 쏟아부었다. 그렇게 밤샘을 해가며 오픈 일정에 맞춰 작업을 완료했다. 고생 끝에 마켓은 블로그마켓이라기보다 쇼핑몰의 상세 페이지라고 해도 손색이 없을 정도의 디자인과 정보, 퀄리티를 갖추게 되었다. 우리는 부푼 기대를 안고 있었다.

첫 번째 마켓 오픈은 순조로웠다. 기본 도매금액은 벌었고, 얼마간의 이익도 남길 수 있었다. 그래서 탄력을 받아 2차, 3차까지도 진행했지만 3차 때 나에게 개인적인 문제가 생겼다. 그 바람에 내가 마켓 일에 손을 놔버리자 그 친구도 그만두게 되었다. 지금도 그 친구에게 미안한 마음뿐이다. 나 때문에 신나게 하던 일을 멈추게 됐으니 원망할 법도 한데 모든 걸 이해해주는 친구라 참 고마웠다.

블로그마켓에 뛰어들고 나서 결과는 어땠을까?

우리는 블로그로 유명했기 때문에 많은 사람들이 찾아줄 것이라 기대했지만 결과는 그렇지 않았다. 1차 판매분은 오픈발이었다. 아는 사람들이 대부분 주문을 해주었다. 2차분 역시 지인들의 구매 비율이 높았다. 3차 때는 나 때문에 망해 먹었다.

개인 블로그가 잘된다고 해서 마켓 또한 잘된다는 법은 없다. 우리가 옷을 사입할 때는 키 큰 멍젤라와 키 작은 동업자 친구가 함께 입을 수 있는 옷들을 찾다 보니 미약한 부분들이 많았고 실수도 많았다. 고객의 취향을 분석하고 준비했어야 하는데 그러지 못했고, 배송 문제, 동대문에서의 사입 문제 등이 뒤따랐다. 생각처럼 쉬운 게 아니었다.

주변에 보면 블로그마켓을 위해서 블로그를 키우는 사람들도 있다. 사실 한 블로그가 커지면서 조금씩 마켓

일을 하는 것이 오히려 나을 수도 있겠단 생각을 했다.

옷 판매는 고객의 요구와 트렌드를 잘 읽어야 되는 사업이다. 내가 좋아하는 옷이 아니라, 고객이 살만한 옷을 고르는 안목이 있어야 한다.

블로그마켓은 쇼핑몰에 비해 등록과 세금 문제 등이 복잡하지 않고, 홈페이지 관리 비용이 적게 들기 때문에 블로거들이 많이들 하고 있다. 적은 자본으로 혼자서도 충분히 할 수 있다는 것 또한 매력이다. 내 주변의 상당히 많은 이웃들이 그렇게 블로그마켓 사업에 뛰어들었다. 그 사람들은 생각보다 장사를 잘하고 있다.

멍꼬마켓은 어쩔 수 없이 접게 되었지만, 그래도 우리가 잘했다고 생각하는 것은 개인 블로그를 마켓으로 이용하지 않았다는 것이다. 만약 개인 블로그에 상품을 올리면서 마켓을 운영했다면 일상 이야기를 보러 오는 사람들이 블로그 잘되니까 이제 장사를 하네라고 생각했을 것이다. 이것은 실패를 통해서만 배울 수 있는 교훈이다.

다시 마켓을 할 기회가 있으면 해볼 생각이다. 너무나 즐겁게 했던 것이라 개인적인 사정으로 그만두게 된 것이 아쉽기만 하다. 다시 시작한다면 그때의 실수들을 보완해서 멋지게 해낼 수 있을 것 같다.

블로그마켓은 철저한 시장조사와 소비자의 성향을

H

ETC

ACCESSORY

NATURAL COSMETICS
BLOG DISIGN (준비중)

COMMUNITY

NOTICE
EVENT
REVIEW

LIFE
FOOD

Call & Bank

010.4620.6522 옐로우ID "밍꼬마켓"을 검색해주세요
Mon-FRi 10:00 ~ 17:00 / Lunch 12:00 - 13:00
Sat.Sun.Holiday CLOSE

경남 창원시 성산구 사파동 10번지 함양흑돼지생고기

분석해야 한다. 일상 블로그를 통해서 친분이 있는 사람들이 예의상 사주는 것 말고 지속적으로 판매가 되기 위해서는 물건이 좋아야 한다.

연예인이 운영하는 가게가 잘되는 것은 그들이 연예인이기 때문이다. 어느 카페가 유명한 가수가 운영한다고 알려지면서 사람들이 엄청나게 몰렸다. 나도 그 가게를 가 봤는데 사실 맛은 별로였다. 그래도 장사가 엄청나게 잘되었다. 줄을 서서 먹을 정도면 말 다했지 뭐. 이렇게 엄청난 유명 연예인이라면 마켓은 성공할 테지만 그게 아니라면 힘들 것이다.

개인 블로그를 운영하는 것과 마켓을 운영해서 소득을 올리는 것은 천양지차이다.

　　블로그마켓에 올리는 글은 판매를 목적으로 상품에 대한 정보를 주는 글이기 때문에 일상 글과는 다르게 써야 한다. 무작정 잘될 거라는 생각은 버려야 한다. 이 부분에 대해서는 아직 성공을 못 해봐서 멍젤라는 이렇게 해라 저렇게 해라 하진 못한다. 하지만 조심해야 할 부분이 있다는 것은 확실히 알게 되었다.

　　자주 가는 카페가 있다. 그 카페 사장님과 말도 잘 통하고 좋은 사람이라 이런저런 장사에 관한 이야기를 하게 되었다. 내가 하면 잘될 거라고 생각하고 시작했다고 하니, 세상에 그렇게 생각하지 않는 사람은 없다고 했다. 당연히 잘될 거라고 생각하니 사업을 벌이겠지 안될 거라고 생각하고 시작하는 사람이 어디 있겠냐는 것이다. 중요한 것은 막연한 생각이 아니라 철저한 준비라고 했다.

　　나는 내 블로그가 잘되었기에 마켓 역시 잘될 거라고 생각하고 준비도 없이 무작정 뛰어들었다. 실패 아닌 실패라고 위로하지만 어쨌든 결과는 좋지 않았다. 다행히 많은 돈을 들여 시작한 것이 아니었기에 장사에 대한 수업료를 냈다고 생각하고 있다.

　　블로그마켓뿐만 아니라 모든 일에 있어서 막연한 기

대감만으로 시작한다는 것은 위험한 일이다. 개인 블로그가 잘된다고 마켓도 잘될 것이라는 생각은 버려라. 개성 있는 상품이나 소비자의 성향을 파악하여 콘셉트가 있는 마켓을 운영하여야 한다. 거기에 최적화된 블로그에서 판매를 한다면 그보다 좋을 순 없다. 사람들은 여러분의 블로그 디자인을 보고 물건을 사는 게 아니라 상품을 보고 구매를 결정한다는 사실을 잊지 마라. 멍젤라는 블로그마켓을 준비하는 사람에게 이런 말을 해주고 싶다.

① 좋은 상품을 갖춰라. 나에게 좋은 상품이 아니라 구매자에게 좋은 상품을 갖춰야 한다.
② 자신만의 독특한 마켓을 만들어라. 대박을 친 블로그마켓을 따라 하다 보면 쪽박을 찰 수 있다.
③ 블로그마켓도 소통의 공간이다. 고객과 끊임없이 소통하고 그들이 원하는 것을 캐치하라.
④ 마켓 글도 꾸준함이 생명이다. 지속적으로 상품을 올려라.

　　블로그마켓에 관심이 있는 사람은 위 말들을 귀담아 듣고 잘 준비해서 시작하길 바란다.

악플에
대처하는
_____ 자세

       나는 소심한 여자다. 아니 이전에는 그랬다. 학창 시절 나는 남녀공학만을 쭉 다녔지만 남자사람친구 한 명 없는 그냥 조용한 아이였다. 남자사람이랑 말을 섞는 것조차도 어색해하던 딸 둘인 집안의 장녀였다.

       남녀공학 중학교를 다니는 동안에도 남자들은 관심의 대상이 아니라 그냥 성이 다른 친구 정도로만 생각했다. 그러다가 사춘기가 시작되었고 158cm이던 키가 중학교 2학년이 되자 갑자기 167cm가 되었다. 가슴도 커지고 키도 갑자기 커지면서 너무나 쑥스럽고 챙피했다.

       우리 반은 교무실 바로 옆인 최악의 반으로, 부반장이던 나는 가끔씩 각 반마다 돌리는 선생님의 안내문 심부름을 하게 되었다. 지금처럼 방송 시설이 없었던 그때는 급

한 일이 있으면 수업 시간에 앞문을 똑똑똑 두드리고는 안내문을 담당 선생님께 전해주었다. 동성의 친구가 심부름으로 오면 그냥 무덤덤하니 수업을 끊어준 것에 감사하는 정도이지만, 이성의 친구가 들어오면 눈알 굴러가는 소리가 여기저기서 났다. 당시 H.O.T.의 팬이었던 나는 3반 반장인 남자아이가 H.O.T.를 좋아한다는 이유 하나만으로 그 친구를 좋아하고 있었다(지금 생각하면 너무나도 유치하다).

어쨌든 3반 교실을 똑똑 두드리고 수업 중이던 선생님께 긴급하다는 안내문을 전달해드렸다. 그 순간 내 귀에 들리는 소리!

남자 1: 야, 쟤다, 9반 부반장.
남자 2: 아! 쟤야? 우리 반 ○○이를 좋아한다는 애?
남자 1: 야, 쟤 근데 덩치가 뭐 저렇게 크노?
남자 2: 마, ○○아! 니 여친 왔네, 키득키득…

아… 망했다. 나는 시뻘게진 얼굴을 숙이고 그 반을 나왔다. 갑자기 커진 키와 통통했던 몸이 나에게는 극심한 스트레스였다. 키를 없애버릴 수도 없고 커진 가슴을 숨길 수도 없어 너무 짜증이 났다. 그 일이 있고 나서 나는 교복 치마를 엄청 긴 걸로 새로 사고 와이셔츠도 큰 걸로 샀다.

그리고 가슴에는 붕대를 감고 다녔다.

지금 이 이야기를 듣는 많은 여자들은 나를 미쳤다 그러겠지… 성인이 된 지금에는 여동생에게 줄 것을 내게 몰아준 가슴과 키 덕분에 부모님께 엎드려서 감사하고 있다. 하하하! 하지만 당시에는 남학생들의 눈이 너무나도 창피했고, ○○이라는 그 친구도 피하면서 다녔다. 그렇게 나는 소심했다. 체육을 엄청나게 잘했던 나는 뛰어난 체력으로 학교 체육대회 때마다 항상 선두에 있었다. 하지만 대표가 되어 운동장에서 열심히 뛰고, 던지고, 뒹굴고 하는 내 모습을 보이는 것이 너무 창피해서 중요한 경기만 되면 작아졌다. 너무 남자 같아 보이나… 아, 어떻게 하지… 혼자서 쓸데없는 고민만 가득했다.

그런데 같은 반 친구 정혜민이라는 아이가 있었다. 공부도 잘하고 성격이 좋아서 항상 밝음이 묻어나는 친구였다. 그 친구 주위엔 항상 친구들이 많았는데, 나도 그 친구와 친하게 되었다. 한번은 그 친구에게 내 이런 고민을 털어놨더니 그 친구가 이랬다.

"야! 니 지금 엄청 이쁜 기다. 난쟁이 똥자루라고 놀림 받는 애들은 우리 엄청나게 부러워할 걸, 고마 신경 쓰지 말고 그냥 누가 욕해도 무시해라. 그러면 된다. 나는 내 얼굴에 여드름 때문에 미칠 것 같은데, 어제 2반에 누가 나

보고 으~ 드러! 카고 지나가길래, 머 임마, 니 얼굴이 더 드
릅다 캄서 이래 줬드만 도망가드라."

그러면서 그 남자애를 놀리면서 지은 표정을 나에게
지어보였다. 그 친구 덕에 나의 성격이 엄청나게 바뀌었다.
아직도 그 친구의 밝은 모습이 내 머릿속에서 잊혀지지 않
는다. 소심하던 나를 지금의 발랄한 여자로 성장할 수 있
게 해준 너무나도 소중한 친구이다.

고등학교도 실업계를 갈 성적이었는데 혜민이가 창
원 문성고를 간다는 소리만 듣고 나도 거길 가기 위해 선
생님께 매달리고 부탁하고 무조건 인문계로 진학하게 해
달라고 애원했다. 고입평가 마지막 세대였던 나는 죽어라
공부하여 시험을 잘 치른 덕에 문성고에 같이 진학할 수
있게 되었다.

고등학교도 공학이었지만 부반장을 꾸준히 하고 체
육부장까지 맡으면서 학교의 크고 작은 일에 모두 참여했
다. 그때 키가 또 170cm로 성장했다. 하지만 혜민이 덕분
에 완전 쾌활하고 발랄한 소녀가 된 나는 주변의 많은 남
자사람친구, 선후배들과 어울리며 즐겁게 학창 시절을 보
낼 수 있었다. 그렇게 나는 지금까지 멍젤라로 그리고 밝
고 좋은 에너지를 주는 박가연으로 살아가고 있다.

사람들의 눈길, 사람들이 나를 보고 하는 소리, 그러

한 것 모두가 신경이 쓰인다. 사람이라면 말이다. 블로그를 운영하면서도 사람들의 눈길을 의식해야 한다. 사실 내 글이 마음에 안 들어서 불평불만을 늘어놓는 사람들도 많이 있다. 티 나지 않게 비밀 댓글로 조곤조곤 내 말을 시비조로 곱씹어가면서 명젤라 네가 틀렸다고 따져오는 사람도 있다. 그렇게 나를 비판하는 악플러들은 하나같이 자신의 아이디가 아닌 유령 아이디이다.

악플러는 그렇다. 욕을 하고 이것저것 시비를 걸어오고 난리를 부리는 사람들은 하나같이 당당하지 못하다. 비공개된 아이디 뒤에 숨어서 까고 싶은 대상이 나타나면 악랄하게 까대는 애들이다. 연예인들이 악플에 선처 없다고 하면서 고소를 하는 마음이 이해가 간다. 나는 일반인임에도 불구하고 블로그로 인해 욕을 먹는 일이 종종 있다. 나의 일상과 이야기를 담는 공간에 태클을 거는 사람들. 그런 사람들에게 하나하나 반응을 보일 필요는 없다. 그런 사람들 때문에 감정 소모를 하면 나만 손해다.

웬만한 건 그냥 무시하고, 정 안되겠다 싶으면 나의 입장에 대해서 설명을 하면 된다. 내 입장을 정확하게 전달하고 내가 그렇게 글을 쓴 이유에 대해서 정확하게 밝혀라. 그러면 더 이상 시비를 걸지 못할 것이다. 그래도 막무가내로 시비를 걸면 그때는 철저히 무시하면 된다.

블로그를 하다 보면 별의별 사람들을 다 만나고, 온갖 악플들이 다 달린다. 한번은 친구들과 귀산 바닷가 앞에서 돗자리를 펴고 고기를 구워 먹으면서 놀다 왔다고 글을 쓴 적이 있는데, 그 글 밑에 어떤 사람이 이렇게 달아 놓았다.

"생각이 없네. 뇌가 없는 건가. 환경오염 되게 바닷가에서 고기를 구워 먹고 오냐ㅋㅋ 그것도 사람들 다니는 길에서. 하여간 이런 사람들 때문에 문제야 문제. 그걸 자랑이라고 이런 데 올리냐."

쩝… 창원의 핫플레이스 중 하나가 귀산동이다. 낚시꾼들이 많이 찾는 곳인데, 그러다 보니 자연스레 고기를 굽거나 음식을 해 먹는 사람들이 많았다. 그렇게 시작된 것이 지금은 나들이 공간으로 인기를 끌면서 카페 거리와 푸드트럭 존이 생겼다. 이젠 젊은 사람들이나 가족 단위 할 것 없이 그곳에 와서 텐트를 치고 돗자리를 깔고 고기도 구워 먹고 노래도 듣는 그런 곳이 되었다. 여러 사람들이 생활하는 곳이니 당연히 놀고 나서는 쓰레기 처리나 정리정돈은 필수일 것이다. 전후 사정을 잘 알지도 못하면서 그걸 가지고 뇌가 없니, 생각이 없니 하면서 비꼬는 사람에겐 뭐라 할 말이 없었다. 마음 같아선 "고기 한 점 줄게, 너무 화내지 마"라고 달고 싶었지만 "창원을 잘 모르시네요… 안타깝지만 그렇게 보였다면 할 말이 없죠~"라고 달아줬다.

그냥 이유 없이 내 얼굴이 맘에 안 든다고 욕하고 시비 거는 사람도 간혹 있다. 포토샵을 했니 깎았니 뭐니 하면서… 겸허하게 수용하고 받아들이는 법을 배워야 한다. 실제로 나를 만난 사람들은 나의 사진발을 아주 잘 알고 있다. 사진 속의 나는 엄청 작고 귀여운 여자지만, 실제로는 목소리도 걸걸하고 덩치도 매우 크다. 내 생긴 것에 누가 댓글이라도 달면 이제는 그냥 웃으면서 대답해준다.

"제가 쇼핑몰 근무 경력이 많아서 직업병처럼 제 사진 보정하는 게 일상입니다. 죄송합니다. 실물이 나도 저렇게 생기면 참 행복할 것 같습니다."

"내 이쁜 데 보태준 거 있나? 이 똥떵어리들아! 부럽냐?"라고 말하고 싶은 속마음을 감춘 채 말이다.

블로그를 하면서 가장 존경하는 인물이 혜민스님이 되었다.

05 멍젤라,
블로그로
셀럽되다

_____ 멍젤라의 마약 같은 이야기에 푹 빠져 있을 시간인데, 어떠신가요? 지금부터는 멍젤라가 블로거로 살아가는 이유와 행복한 블로그 생활, 그로 인해 잡지와 방송에도 나오는 셀럽이 된 이야기를 들려드리려고 합니다.

자, 이제 멍젤라의 즐거운 블로그 세계로 함께 여행을 떠나볼까요?

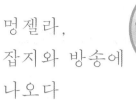
멍젤라,
잡지와 방송에
_____ 나오다

"코스모폴리탄 2017 블로그 어워즈
100인을 뽑아라!"

두근두근 발표의 날이 되었다. 대한민국의 수많은 블로거들 중에서 내가 100인 안에 든다면 얼마나 좋을까! 올해는 인스타 스타와 유튜브 스타까지 모두 뽑는 것이라서 더 떨렸다. 돼라, 돼라, 나는 될 것이다!
결전의 날이 되었고, 문자가 날아왔다.

"축하합니다! 코스모폴리탄 2017 블로거 100에 선정되었습니다."

꺅! 대한민국의 뷰티 잡지 중 하나인 〈코스모폴리탄〉
에 당첨되었다. 매년 블로거 및 뷰티, 일상을 올리는 셀럽
들을 뽑아서 잡지에 소개해준다. 물론 베스트로 뽑히게 되
면 상금도 준다. 이번 미션은 제모기 리뷰하기, 엄청나게
열심히 한다고 했지만 조금 아쉽게 등수에는 들지 못했다.
이번엔 인스타와 유튜브까지 모두 통틀어 진행했기에 블
로그 부문 3위 안에 들어야 했는데 그렇지 못했다. 그래도 너무나도 뿌듯하다. 블로그를 하는 모든 이들 중에서 100위 안에 든 것은 아니지만, 대한민국 대표 매거진에서 진행한 이벤트에서 100인에 든 것은 큰 영광이었다. 치열한 경쟁률을 뚫고 대한민국의 대표적인 잡지에 내 이름이 올랐다는 사실에 마음이 날아갈 듯 즐거웠다.

멍젤라가 점점 브랜드화되고 있다는 사실에 기분이 좋았다. 잡지에 내가 나와서 놀랐다는 블로그 이웃들의 댓글들을 받으면서 즐거움을 만끽했다. 블로그를 꾸준하게 운영하면서 많은 정보와 재미, 이야기를 전해주다 보니 멍젤라는 어느새 셀럽이 되어 있었다.

대학시절, 문화콘텐츠학부에서 만난 오빠가 있다. 사람들에게 친오빠라고 소개할 만큼 친한 선배, 김현철. 3학년 때 학부 회장이 되면서 오빠를 부회장에 앉히고는 더 가까워질 수 있었다. 그 오빠가 전통혼례를 창원에서 하게 되었는데, 그날의 이야기를 생생하게 내 블로그에 담았다.

창원에 있는 향교, 창원의 집! 서울의 고궁들처럼 사람들이 한복을 입고 사진을 찍기도 하고, 갖가지 문화행사가 열리는 곳이다. 그래서 웬만한 창원 사람들은 이곳을 잘 알고 있다. 하지만 이곳에서 전통혼례를 올리는 모습은 흔치 않았다. 그런데 그 오빠가 이곳에서 전통혼례를 올리

대두샷 앞에서
사진 찍으면 경품을!

사진
제공 창원시 멍젤라 님

게 되어 내가 생생 취재기를 블로그에 올리게 되었다. 그리고 얼마 후 나에게 연락이 왔다.

"멍젤라님 안녕하세요^^ 저는 CJ헬로비전 경남방송 (채널 3번)의 〈댓길이 경남통〉이라는 데일리 매거진 프로그램을 제작하고 있는 작가입니다. 저희 프로그램 코너 중에 '통블로그'라는 경남 지역 블로거님들의 포스팅을 소개하는 코너가 있는데요^^ 이 코너를 통해 일상, 여행, 요리, 맛집 등 다양한 경남 지역 포스팅을 블로거님들의 동의를 얻어 방송하고 있습니다. 멍젤라님의 블로그를 저희 방송을 통해 경남 지역민들과 함께 나누면 정말 좋겠다는 생각이 들어서 이렇게 연락드립니다.

댓글이 경남通通

전화
연결 멍젤라 님
블로거

블로그 글들을 방송에 나가게 해주신다면 어렵고 손
이 많이 가게 해드리는 일 없이 저희가 포스팅 내용(사진)
을 편집하고 출처를 표기하여 방송에 내보내고 싶습니다."

대박 사건! 오빠의 결혼식 이야기를 방송에 담고 싶
다고 연락이 왔고, 흔쾌히 승낙했다. 내 목소리를 내레이션
으로 녹음을 해서 보내줬다. 방송 당일 날에는 전화 통화
로 인터뷰를 해서 내보내기로 했다.

"오와, 방송이라니! 신나는 일이구나!"

으~~ 지금도 생각하면 내 내레이션에 손발이 오글거
린다. 당일 날 방송 인터뷰도 무사히 잘 마쳤다. 방송을 편

집해서 내가 나온 부분만 보내주셨는데 그건 평생 나 혼자만 보기로…. 쑥스러워서 손발이 오글거렸지만, 블로그 때문에 방송에도 나오고 셀럽이 된 아주 멋진 일이었다. 아직까지도 그 포스팅에 여전히 댓글들이 달리고 있다.

'덕분에'라는 말이 이렇게 사람을 좋게 하는지 예전엔 몰랐다. 멍젤라님 덕분에 알게 됐다, 덕분에 좋은 정보를 얻었다는 소리를 들을 때면 어깨가 으쓱해져서 하늘 끝까지 닿을 것 같다. 그리고 글이 참 재밌다, 즐겁게 읽고 간다, 술술 읽혀진다는 소리는 언제 들어도 반갑고 기분이 좋다. 내가 들려주는 이야기가 평범한 30대 여자의 일상임에도 불구하고 항상 찾아주고 즐거워해주는 독자들에게 늘 감사한 마음으로 살아가고 있다.

가끔은 홍보 때문에 블로그를 운영하는 가게 사장님들이 내 블로그를 찾아오곤 한다. 지역에서 가게를 하다 보니, 지역 블로거들과 소통하기 위해서 그러는 것인데, 연세 많은 사장님들께서 열심히 블로그 활동을 하는 것을 볼 때면 마구 홍보를 해드리고 싶은 마음이다. 소통을 꾸준히 하고 있는 이웃 사장님들 같은 경우에는 내가 직접 찾아가서 홍보를 돕기도 했다.

한번은 블로그로 매일 소통하고 있던 동네 치킨집에 주문을 했는데, 사장님이 직접 배달을 왔다. 현관문을 열자마자 사장님께서 깜짝 놀라셨다.

"아! 멍젤라님 집이셨습니까?"

"으하하하! 사장님이 직접 배달 오실 줄 몰랐어요. 몰래 시켜 먹고 사진 찍어서 블로그 올리려고 했던 건데."

"아이고! 미리 말씀 좀 해주시지 그러셨습니까. 다른 것 좀 더 챙겨다 드릴 건데."

"아니에요 사장님. 대박나세요!"

집에서 아주 그냥 오징어처럼 있다가 받으러 나간 건데 알아봐 주신 사장님께 내가 더 놀랐다. 그리고 상당히 감사드렸다. 블로그의 소통을 통해 이렇게 많은 사람들을 알아간다는 게 신기하고 즐거웠다. 우리 가족들도 이제는 나의 이런 취미 생활에 익숙해졌다. 그날의 치킨집 이야기로 인해서 엄마는 치킨을 시키면 나보고 꼭 받으러 나가라고 하신다. 사실 나는 배달을 시키면 현관문까지 받으러 나가는 일이 세상에서 제일 싫은 사람인데, 그 집만큼은 내가 직접 받으러 나간다. 그리고 치킨을 시킬 때는 항상 화장을 하고 앉아 있는다. 아… 이게 뭐람. 하하하!

우리 가족들은 이렇게 나의 취미 생활에 물들어갔다. 화장품의 리뷰를 해야 하거나 50대 여자들에게 필요한 그

무언가를 촬영해야 할 때면 엄마는 적극적으로 모델이 되어준다. 피부가 너무 좋은 우리 엄마는 항상 화장품 선물에 즐거워하시고, 아빠는 면도기나 남자들 용품에 기꺼이 얼굴을 내어주신다. 요즘은 우리 조카가 한몫을 해주고 있어서 나도 즐겁게 취미 생활을 하고 있다. 정보와 재미, 소통이 삼박자를 이루고 있는 이곳의 매력에 나는 마약처럼 빨려 들어간다. 나 역시도 블로그를 통해서 여행 정보 등 많은 도움을 받으면서 살고 있다.

별것 아닌 평범한 30대의 여자가 이제는 별의별 것을 다 소개하는 대단한 셀럽이 되었다. 친구들이나 아는 동생들은 날더러 박 셀럽님~ 멍 셀럽님~ 이라며 놀리기도 하지만 참 듣기 좋은 소리이다.

'카카오톡'과 '배달의 민족'이라는 어플의 홍보이사인 박용후 대표님의 강연을 들으러 간 적이 있다. 그분이 이런 말을 했다.

"자신을 브랜드화시켜라. 그것이 홍보의 시작이다."

그 말을 들으면서 '오! 나는 홍보의 시작은 됐구나'라고 느꼈다. 이미 나는 '마약 같은 여자'니까, 하하하!

오늘도 마약 같은 여자를 더 알리기 위해서 널리널리 사람들을 이롭게 하는 글들로 찾아가야겠다.

땡똥! 오늘도 멍젤라의 이야기가 도착했습니다.

블로그는
내 인생의
_____ 빛나는 선물

1. 제주도에서 혼자 살기

2. 베스트셀러 작가 되기

3. 강단에 서기

4. 내 작은 가게의 사장 되기

30대에 이뤄야 할 나의 버킷리스트다. 이제 30대 초반이니까 조금만 더 열심히 노력하면 다 이룰 수 있다고 믿고 있다. 이 책이 베스트셀러가 되면 1~3번은 모두 이뤄질 것 같다. 하하하! (도와주세요, 네.)

이 책을 쓰기 몇 달 전, 나는 야심차게 회사를 때려치웠다. 잘 다니던 회사를 그만두고 펑펑 놀고 먹는 백수가 되고 나니 할 일이 없었다. 뭘 할지를 고민하다가 30대 버킷리스트를 들고는 제주도 혼자 살기를 하러 가야겠다고 마음먹었다. 그래서 내 코란도C인 일명 '코코몽'과 함께 무작정 제주도로 떠났다.

여수에서 차를 싣고 제주도로 가는 배에 몸을 실었다. 딱히 목적지는 정하지 않은 채 예전에 여행 갔을 때 묵었던 게스트하우스에서 며칠 머물면서 생각할 요량이었다. 그렇게 제주도에서 혼자 살기가 시작되었다. 사실 사람으로 인해 스트레스를 받아 떠난 제주도인데, 게스트하우스에 묵으면서 또 많은 사람들을 만나게 되었다. 아이러니하게도 사람으로 인해 상처를 받고 떠난 여행에서 사람들 덕분에 힐링을 했고 행복과 즐거움을 얻었다.

내 블로그 덕분에 제주도의 맛집들을 돈을 아끼면서 다닐 수 있었고, 하루 이틀만 묵기로 했던 놈게스트하우스에서는 그냥 쭉~ 지내게 되었다. 숙소와 밥이 해결되었다. 놈게스트하우스 사장인 동열 오빠가 내가 묵는 이야기들을 블로그에 올리면 자연스레 게하 홍보도 되니까 그냥 편히 지내다 가라고 했다. "와! 이렇게 술술 풀리다니" 진짜 모든 게 블로그 덕분이었다.

내 블로그에는 제주도 혼자 살기의 이야기가 매일같이 담겼다. 그렇게 쓰다 보니까 제주도에서 여자 혼자 사는 것에 많은 사람들이 관심을 가지고 있다는 것을 알게

되었다. 내가 올린 글에 한 여성이 문의를 해왔다.

진짜 혼자 가도 괜찮은지, 어떻게 생활을 하는 건지, 어디가 좋았는지, 회사를 관두는 게 쉬웠는지부터 자신도 해보고 싶지만 선뜻 해보지 못한 것에 대한 질문이 쏟아졌다. 그래서 였을까, 내 여행 이야기들을 보며 블로그로 소통해오던 이웃인 '고미의세미'가 연락이 왔다.

"언니야, 해외여행 갈 수 있나?"

"응? -_-? 해외여행? 갈 수 있긴 하지, 근데 무슨 여행이야 갑자기?"

"아니다! 그냥 갈 수 있는 거만 확인했으니 됐다. 알겠다, 언니야!"

그러고는 그만이었고, 나는 제주도 생활에 푹 빠져 살았다. 진짜 하루하루가 천국이고, 너무 행복한 시간들이었다. 내 기필코 육지로 돌아가면 제주도에서 살았던 이야기를 책으로 펼치겠노라고 다짐하며, 길다면 길고 짧다면 짧은 제주도 생활을 정리하고 올라왔다.

그로부터 2주 후 나는 괌으로 가는 비행기 안에 있었다. 여행 복이 터진 거지 뭐!

사실은 이랬다. 세미에게 해외 업체의 여행사로부터 제안이 들어왔고, 함께 동행할 수 있는 노출이 잘되는 블로거 한 명을 추천해달라고 했다고 한다. 그래서 세미가 나를 추천했고, 세미 덕분에 함께 해외여행을 가게 되었다. 블로그로만 소통하고 지내던 이웃과 실제로 만나서 공짜 해외여행을 하게 되다니 꿈만 같은 일이었다.

블로그를 통해 서로의 일상을 너무나 잘 알고 있었기에 우린 실제로 만나서도 친한 언니 동생처럼 깔깔거리면서 다닐 수 있었다. 덕분에 편안하게 여행을 다녀오게 되었다. 해외에는 항상 일 때문에 갔기 때문에 제대로 된 관광을 못 했는데, 이번에는 진짜 편하게 쉬면서 실컷 먹고 재밌게 놀다가 왔다.

나의 여행 이야기를 블로그에 하루하루 담으면서 나의 추억들은 계속해서 쌓여갔고, 여행을 준비하는 많은 이

들에게 도움이 되었다.(업체나 나라 이름은 업체의 요청으로 공
개할 수 없는 게 안타깝지만 어쨌든 내게는 소중한 경험이므로 이
렇게라도 밝히는 점 이해해주세요.)

　내 블로그 게시판 중에는 또 다른 취미 생활인 야구
와 농구 이야기를 담는 공간이 있다. 롯데자이언츠의 팬이
된 2008년부터 야구장을 다니면서 여러 가지 에피소드와
야구 이야기를 담았다. 천하무적가연 시절부터 멍젤라 때
까지 항상 빠지지 않는 게시판이 바로 그 게시판이다.
　이렇게 사직야구장을 비롯하여 여러 구장을 돌아다
니면서 야구에 관한 이야기를 담다 보니 롯데 팬들 사이에서 내 블로그는 꽤 유명해졌다. 덕분에 야구장만 가면 전 광판에 잡히거나 응원하는 모습이 TV 화면에 나오곤 한다.

그렇게 야구와 함께 즐거운 일상을 보내고 있던 어느 날 '불스원샷'에서 연락이 왔다. 당시 롯데자이언츠의 후원 업체이던 이 업체에서 블로거들 중에 선발을 하여 야구장 시구행사에 초청을 한 것이었다.

두근두근! 내가 좋아하는 팀의 잔디밭을 경기 전에 밟아보는 영광을 누렸다. 그리고 그날 좋은 자리에 공짜 표도 두 장을 선물로 받게 되어 친구와 둘이 즐거운 시간 을 보냈다. 내가 좋아하는 전준우 선수를 코앞에서 보고 조지훈 응원 단장도 가까이에서 처음 봤던 날이다. 아직도 그날을 생각하면 너무너무 행복하다.

멍젤라는 그때를 떠올리며 롯데자이언츠 이야기를 열심히 담고 있는데 요즘은 안 불러준다. 속상해라. 나 좀 불러주세요, 롯데구장으로! 하하하!

이토록 신나는 것이 블로그의 세계이다. 나는 지금 블 로그로 못 할 것이 없다. 나의 버킷리스트처럼, 제주도에서 살아봤고 책도 쓰고 있다. 제주 살이에 관한 에세이도 머 지않아 쓸 것이다. 그리고 이 책이 나오게 되면 강단에 꼭 설 것이다. 나의 이야기들을 많은 사람들에게 알리고 싶다. 많은 사람들이 이렇게 멋진 블로그 활동을 할 수 있도록 도와주고 싶다. 그러고 나서 작은 가게의 사장이 되어 그 공간에서 강의하는 꿈을 꾸고 있다. 와, 대단해요, 멍젤라 씨!

꿈은 많은 사람들에게 알려야 이루어진다고 했다. 나는 꿈을 현실로 만드는 공식 R=VD(realization vivid dream)를 알려준 《꿈꾸는 다락방》을 몇 번이고 읽으면서 사람들에게 내 꿈을 떠들고 다닌다. 그렇게 블로그에도 버킷리스트에 관한 이야기를 쓰면서 사람들의 응원을 받았고, 나는 용기를 내어 제주도로 떠났다. 많은 사람들이 나의 꿈을 응원해주고 있다는 것이 힘이 되었다. 얼굴도 모르는 서로에게서 용기를 얻고 긍정적인 에너지를 받을 수 있다는 것이 진짜 신기하고 소중한 경험이었다.

블로그를 통해서 우리는 삶의 중요한 순간마다 좋은 친구나 안내자, 조력자를 만날 수 있다. 그것도 현실 세계에서는 상상도 못 할 많은 사람들을. 그 사람들의 지혜와 힘을 얻을 수 있는 것이다.

보이지 않는 곳에서 많은 응원을 보내주고 있는 사람들을 생각하면 나도 모르는 힘이 불끈 생겨 블로그 활동을 더 열심히 하게 된다.

나는 지금 블로그에서 누군가를 위해 홍보를 해줄 수도 있고, 나의 꿈을 자랑하며 응원을 받을 수도 있고, 가까운 친구에게도 말 못 할 고민들을 털어놓을 수도 있다.

블로그 덕분에 남들보다 편하게 여행을 즐길 수도 있고, 필요한 물품을 협찬받을 수도 있다. 이처럼 나는 모든 생활에서 블로그의 도움을 받으며 살아가고 있다.

블로그가 엄청 돈을 벌어다 주는 곳은 아니지만, 그보다 소중한 것들을 나에게 주고 있다. 블로그에서의 인연과 경험은 내 인생에 있어서 보석처럼 빛나는 선물이다.

오늘 나는 버킷리스트를 새로 더 작성한다.

1. 제주도 혼자 살기

2. 베스트셀러 작가 되기

3. 강단에 서기

4. 내 작은 가게의 사장 되기

5. 블로그 제자 1000명 만들기

6. 제주도 에세이 내기 – 책 쓰기

7. 대박가게 사장님의 이야기 – 책 쓰기

8. 지금 이 책으로 대한민국 최고 블로그 강사 되기

사 람 의
마 음 을
_____ 움 직 이 다

　　　　　내가 블로그 마케팅을 하여 효과를 가장 많이 본 곳이 바로 우리 가게이다. '함양흑돼지생고기'는 그렇게 창원 사람들에게 알려지기 시작했다.

　　앞서 말한 것과 같이 우리 가게는 내 블로그와 수많은 이웃들의 덕을 봤다. 다행히 지금은 정말 잘 되어서 이젠 내가 홍보글을 올리지 않아도 손님들이 입소문을 타고 찾아온다. 갈수록 엄마의 요리 솜씨가 빛을 발하고 있다.

　　요즘은 SNS나 스마트폰이 대중화되면서 사람들은 먼저 검색을 해본 후 방문을 한다. 그래서 많은 가게들이 온라인 마케팅에 주력하고 있다. 이제 온라인 마케팅은 장사나 사업의 필수요소가 되었으며 효과 또한 대단하다. 요즘 가게에 가면 흔히 이런 이벤트를 보게 된다.

"블로그, 인스타그램, 페이스북에 가게 사진 올리시면 음료수 공짜!"

찾아온 손님에게 음료를 서비스로 주는 호의를 베풀면서 자연스레 홍보까지 할 수 있는 방법이다. 가게를 하는 사람들이라면 이런 홍보 방법도 괜찮은 것 같다.

블로그를 마케팅용으로 만드는 것은 쉬운 일이 아니다. 블로그를 오래 한 사람들에게는 "일상을 자연스럽게 녹여서 홍보글을 쓰라"라고 한마디만 해주면 될 것이지만, 초보들에게는 그것이 가장 어려운 일일 수 있다. 또 블로그는 인스타그램처럼 확산 속도가 빠른 것도 아니다. 처음부터 확 이슈가 되게 만들기가 어렵다. 블로그는 공을 들인 만큼 서서히 결과가 따라와 주는 곳이다.

중고차를 한 반년 정도 몰고 다니다가 새차를 샀을 때의 일이다. 새차를 사면서 유리막코팅부터 썬팅 등 여러 가지 자동차와 관련된 것들을 협찬받았고, 덕분에 참 좋은 금액에 좋은 제품들로 차를 꾸밀 수 있었다. 그때 스팀세차를 전문적으로 하는 디테일링샵을 소개받았다.

블로그 마케팅을 한 번도 해보지 않았던 사장님. 주위에는 많은 경쟁 샵들이 늘려 있었고 홍보가 절실했는데, 사장님은 이런 홍보 방법에 대해서 반신반의했다. 기존에 내가 거래하던 자동차업체 사장님의 권유로 나를 소개받

창원 광택
명품카디테일샵

았다고 했다. 나는 새로운 세차 방법에 대해 알 겸해서 유리막코팅과 스팀세차를 맡기기 위해 그 집을 방문했다.

"안녕하세예. 저는 이런 거 안 해봐서 어떻게 해야 할지 잘 모릅니다. 그냥 있는 그대로 해주이소."

"아… 네네! 저도 차에 대해서 잘 모르니까, 사장님이 잘 알려주세요."

"아, 그러면 세차 그냥 들어갈게예, 사진은 알아서 그냥 대충 찍으세요."

사실 사장님은 나에 대한 신뢰도도 그렇고, 블로그라는 곳에서 홍보를 한다고 해서 얼마나 효과가 있겠느냐 하는 눈치였다. 사장님이 분주하게 차를 닦는 동안 나는 옆에서 연신 사진을 찍어댔다. 그리고 깨끗해진 차를 몰고 집으로 돌아와 정성스럽게 글을 올렸다.

내 글을 보고 많은 손님들이 왔으면 좋겠다는 마음으로 포스팅을 했다. 블로그를 하는 사람이 이상한 사람도 아니고, 공짜만 좋아해 이런 일을 하는 사람이 아니라는 걸 사장님께 보여주고 싶었다. 그렇게 포스팅한 글을 본 사장님은 매우 좋아하셨다. 자신의 가게가 네이버라는 곳에서 검색이 되는 것도 신기해하였고, 자신의 기술로 차가 깨끗해지는 과정들을 담은 후기도 너무 좋아하셨다.

그걸 보고는 다른 블로거들도 몇 명 소개해달라고 하셨다. 그래서 검색도 잘되고, 이익만을 추구하지도 않는, 나와 같은 생각을 가진 친한 친구들을 소개해줬고 현재에도 계속 진행 중이다.

덕분에 가게도 유명해졌고, 문의 전화도 많아졌으며 그만큼 손님도 많아졌다. 처음에 블로그 마케팅에 대해 잘 알지 못했던 사장님은 주택가 한구석에 있는 작은 디테일링샵에 손님을 찾아오게 만드는 블로그 마케팅의 효과를 지금은 무한 신뢰하고 있다. 이제 사장님과는 친오빠 동생처럼 개인적인 이야기들도 털어놓을 정도로 좋은 사이가 되었다.

나는 글을 쓸 때 느낀 그대로를 표현한다. 사장님들께 감동을 받았거나 너무나도 좋았으면 정말 팍팍 그 감정이 느껴지게끔 쓴다. 그러다 보니 홍보용 협찬글이라는 것을 알면서도 진짜 이야기를 담은 내 글을 보고 사람들은 문의를 많이 해온다. 나는 한 번 다녀와서 정말 좋은 곳은 또다시 찾아가고, 단골이 된다. 그렇게 해서 공짜 협찬이 아닌 진짜 소비자로 만족하며 이용하는 손님이 된다.

친한 언니의 네일샵 안에서 샵앤샵의 개념으로 속눈썹을 하는 은진이란 동생이 있다. 언니의 네일샵을 홍보해주기 위해 들렀는데, 때마침 은진이가 시간이 난다면서 내속눈썹 펌을 해주겠다며 홍보를 부탁했다. 이 친구 역시 이런 경험이 처음이었고, 홍보에 대한 기대를 많이 하고 있진 않았다. 그날따라 시간이 잘 맞아 네일 받고 속눈썹까지 했다. 그렇게 나는 진심으로 은진이란 동생이 잘되길 바라며 사진을 찍고 홍보를 해주었다. 물론 속눈썹도 너무나 만족스럽게 잘 나와서 가능한 일이었다.

멍젤라는 마케팅 글을 쓸 때도 진실된 이야기를 들려주기로 유명하다. 처음으로 해보는 속눈썹 펌이 붙이는 눈썹보다 편하기도 하고, 동생의 열정도 예뻐서 정성을 담은 포스팅을 해주었다. 그리고 몇 주 뒤 샵을 다시 찾게 되었는데, 동생이 나를 너무나도 밝게 맞이해주었다.

"언니! 왜 이제 왔어요! 진짜 너무 고마워요. 제가 밥 한번 살게요!"

너무나도 격한 환영에 어리둥절했다. 내 홍보글 덕분

에 속눈썹 펌에 대한 문의가 많아졌고, 많은 손님들이 예약을 하고 있다고, 고마워서 밥을 사겠다는 동생. 그 모습이 너무나도 예뻐서 나도 마음이 흐뭇했다.

이렇게 내 가족이 하는 가게라는 생각으로 마음을 다해 마케팅 글을 쓰다 보면 통하게 된다. 공짜라고 대충 쓴 글과 마음을 다해 쓴 글은 그 느낌부터가 다르다. 네일샵 안에 샵앤샵의 개념으로 가게를 하던 은진이는 지금은 하나였던 침대가 두 개로 늘고, 어엿한 사장님이 되었다.

블로그 마케팅의 효력은 정말 무섭다. 나의 글 하나로 많은 사람의 마음을 움직이고 신뢰를 갖게 한다. 받았으니 당연히 써야지 하는 마음으로 마케팅 글을 쓰면 절대 안 된다. 내가 홍보를 함으로써 그 사장님은 나를 믿고 오는 손님들을 위해서라도 더 친절하게 대해 줄 것이다. 그리고 날 믿고 방문한 손님들은 사장님의 친절로 인해 멍젤라를 더 신뢰하게 될 것이다.

마케팅 글을 올리는 것은 단순히 대가에 대한 거래가 아니다. 업체와 블로거 간의 보이지 않는 신뢰로 뭉쳐 있는 것이다. 업체 서비스가 곧 멍젤라의 얼굴이고, 멍젤라의 글이 곧 업체의 얼굴이 된다. 그렇게 신뢰가 쌓여가면서 업체와 블로거 모두가 윈윈하는 것이 블로그 마케팅이다.

주변 블로거들을 보면 참 너무한다 싶은 친구들이 있다. 블로그를 운영하는 것을 무슨 대단한 힘이라도 가진 양 갑질을 하는 친구들을 보면 마음이 씁쓸해진다. 자신의 취미가 누군가에게 도움이 된다면 참 감사할 일이지만, 그것을 이용하여 이득을 취하려고 남에게 피해를 준다면 최악이 될 것이다. '블로거지'라는 말은 그런 친구들이 만들어내고 있는 것이다. 그런 블로거지가 되지 않기 위해 나는 항상 진심 어린 이야기들을 마케팅 글에도 담아낸다.

협찬을 위한 블로그만을 운영하는 블로거는 그리 오래가지 않아 그 욕심 때문에 망하게 된다. 네이버는 그런 친구들을 잘 골라내어 저품질로 빠뜨린다. 로봇도 글 속에 담긴 진심을 구분해내는 힘을 가졌나보다.

마케팅 글에도 진심을 담아라. 글 속에 진심이 느껴지면 마케팅 글인지 알면서도 사람들은 찾게 될 것이다. 진심은 사람을 움직이게 하는 힘을 가지고 있다.

블로그와
함께 하는
_____ 행복한 일상

　"꺅! 글 써야 해! 나 오늘 집에 빨리 들어가야 해. 아님 시간 남으면 카페 좀 가야겠다. 옆에 앉아서 기다려줘!"

　휴… 어느 새부턴가 일상이 되어버렸다. 하루에 한 번씩 꼭꼭 글을 쓰는 것이 버릇이 된 지금, 하루에 글 하나라도 안 올라간 나의 블로그를 보는 것은 있을 수가 없는 일이다. 하루에 한 번 매거진처럼 배달되어야 하는 글, 처음엔 스트레스였지만 이젠 안 하면 찝찝하다.

　해외여행이라도 가게 되면 몇 주 전부터 해외 나가 있을 동안의 하루하루 글들을 미리 예약해두고 있는 나를 발견한다. 네이버 블로그는 예약 기능이 있어서 참으로 좋다. 그렇게 내가 한국에 없는 동안에도 내 블로그는 허전하지 않게 이야기들로 꽉꽉 채워지고 있다. 사람들은 매일 어느 시간에 들어와도 내 글이 있을 거라고 예상하고 찾아온다. 댓글이나 답방이 밀려서 가지 못해도 항상 와주는 이웃들에게 감사하며 살고 있다.

내 블로그를 자주 오는 이웃들에게는 멍젤라 하면 떠오르는 가게가 몇 개 있을 것이다. 창원 미용실, 창원 네일샵, 창원 스팀세차, 창원 카페, 진해 카페. 이젠 너무나도 당연한 꼬리표가 되었다. 이게 무슨 소리냐 하면, 블로그가 나의 일상이 되다 보니 내가 다니는 미용실, 네일샵 등등이 내 아지트가 되면서 그곳의 이야기들이 항상 나오게 된다는 것이다. 그렇게 자연스럽게 멍젤라가 가는 곳들이 트레이드마크처럼 된 것이다. 타 지역의 블로거들도 내가 머리를 했다 하면 "아! 거기 다녀왔구나"라고 생각할 정도로 이젠 너무나도 자연스러운 멍젤라표 업체들이 되었다.

나는 의리 있는 여자다. 한번 갔다가 마음에 드는 곳이 있으면 동종의 다른 업체는 포스팅하지 않으려고 한다. 사장님에게 감사한 마음에서 의리를 지키기 위한 것이다. 물론 동종의 좋은 업체들도 있겠지만, 내 블로그에서 같은 업종을 소개하면서 경쟁을 시키는 것은 예의가 아니기

때문이다. 그렇게 꾸준하게 인연을 맺기 시작해서 지금까지 이어져오는 업체들이 여럿 있다. 이제는 블로그 홍보를 위해서가 아니라 그냥 인간 멍젤라, 박가연을 찾아주는 사장님들이 많이 생겼다. 사람 대 사람으로서 이젠 순수하게 서로를 위해서 윈윈하는 관계로 블로그가 유지되고 있다.

　여자들은 시간이 지나면 가야 하는 곳이 있다. 바로 미용실이다. 몇 년 전 '보테가 헤어'라는 곳에서 테디 원장님을 마케팅을 위해서 만났다. 그동안의 협찬이 다 맘에 안 드는 미용실들이라서 이번에도 반신반의하며 갔다. 잘생긴 원장님은 친절하게 나를 맞아주었다. 성심성의껏 머리를 만져주시는 원장님에게 감동도 받았고, 머리도 너무

맘에 들어서 그 후로 나는 계속 그곳을 이용하고 있다.

"머리할 때가 됐을 텐데요~"라고 먼저 사장님이 연락을 주시기도 하고, "저, 이 머리 하고 싶어요"라고 요청하기도 하면서 소통을 하고 지내게 됐다. 그렇게 자연스레 멍젤라의 미용실은 보테가가 되었다.

내 이웃들은 글 제목에 "창원 미용실 머리하고 왔지요!"라는 글만 봐도 '아~ 잘생긴 원장님~'이라고 생각하면서 글을 읽으러 온다고 한다. 아, 이건 너무 웃기다, 하하하! 원장님이 잘생겨서 거기 가는 건 절대 아니라고요! 잘생기기도 했지만 성격도 좋으시고 내 머리를 누구보다 잘 아시니까 믿고 맡기는 것이라고요! 절대 얼굴 때문에 가는 거 아님. 하하하!

또 이런 인연도 있었다. 드라이브를 하면서 한적한 도로를 달리다가 카페가 있는 곳에서 멈춰 섰다. 주차를 하고 카페를 바라보았다. 한군데는 손님이 북적거렸고, 한군데는 조용했다. 평소대로라면 북적거리는 카페에 들어갔을 테지만 그때는 조용히 혼자 커피를 마시고 싶어 옆집으로 갔다. 그런데 그 집 커피가 너무 맛있어서 신나게 사진도 찍고 셀카도 찍었다. 집에 와서는 치즈케이크와 커피가 너무 맛있어서 또 가고 싶은 집이라고 후기를 올렸다.

그리고 얼마 후 보라카이 여행을 다녀온 후 그 집 커

피 생각이 나서 다시 찾게 되었다.

"카페라떼 아이스랑 치즈케이크요!"

"보라카이 잘 다녀오셨어요?"

"헐? 어떻게 아셨죠!"

"저희 카페 글 올리신 것 봤습니다. 너무 고마워요!"

그렇게 맺어진 인연이 바로 '카페지뉴'라는 곳이다. 예술가 정취를 풍기는 노란 단발머리 남편과 마음 여린 아내가 운영하는 참 예쁜 카페이다. 그렇게 그곳은 일주일에 한 번은 꼭 가는 나의 아지트가 되었다. 내 주변에 블로그 하는 친구들을 우르르 데리고 가서 포스팅을 하게끔 했고, 홍보도 자연스럽게 이어졌다. 매일같이 올리는 나의 일상 이야기에 지뉴 사장님과 그곳의 이야기들이 등장했다.

요즘 이웃들은 왜 지뉴에 안 가냐고 묻는다. 너무나도 슬프지만 그 아지트는 지금 주인이 바뀌어 떠나보냈다. 하지만 사장님 부부와의 인연은 여전히 이어지고 있다. 그분들은 지금 새로운 가게를 물색 중인데, 오픈을 하면 적극 홍보를 해줄 생각이다. 평생 함께 하고 싶은 사람들이다.

이렇게 블로그를 통해서 소중한 사람들이 많이 생기게 된다. 항상 내 어깨에 메어져 있는 작은 미러리스 카메라가 이젠 너무나도 자연스러운 일상이다.

내 이야기의 그 모든 인연들을 연결해주는 매개체는

바로 블로그이다. 작은 카메라 속에 담긴 내 일상이 사람들에게 진심으로 통했고, 그 모든 것들이 인연이었다.

내가 블로그에서 홍보를 하는 곳은 나의 홍보가 아니더라도 성공할 가게들이 많다. 사장님들의 노력과 기술 덕분에 당연히 잘될 곳들이다. 나는 그런 곳에 블로그를 통해 슬쩍~ 기름칠을 해서 조금 더 잘되게 해주는 것뿐이다.

참 오래된 네일샵이 있었다. 나와 거의 2년 정도를 함께 한 곳이었는데, 사장님도 직원들도 너무나도 친절했다. 그러던 중 친한 언니가 네일샵을 오픈하게 되었는데, 나는 의리 때문에 쉽사리 가게를 옮기지 못했다. 언니가 가게를 오픈한 지 거의 1년이 다 되어갈 즈음 사장님께 어렵사리 말을 꺼내 양해를 구하고 언니의 네일샵으로 옮길 수 있게 되었다. 멍젤라의 네일샵이 바뀌게 된 것이다. 그러한 특별한 경우를 제외하고는 웬만해서는 내가 고집했던 그곳들과 꾸준하게 거래하면서 사장님들과 진심으로 소통한다. 그것이 마약 같은 여자, 멍젤라의 매력이다.

홍보만을 위한 블로거와는 달리, 거래처에 꾸준히 다니면서 그곳의 이야기들을 담다 보니 나를 믿어주는 사람들이 많다. 나를 믿고 가는 손님도 많아졌고, 사장님들과 자연스레 소통하는 사람들도 생겨났다고 한다. 그런 이야기를 들을 때면 괜스레 뿌듯해진다.

모임에서 친구들이 "이 친구 유명한 파워블로거예요! 창원에서 알아줘요"라는 소리를 할 때면 나는 정색을 한다. 나는 그런 게 너무 싫다. 블로그와 일상이 된 지금, 처음 접하는 가게들은 그냥 의무감으로 사진을 찍곤 하는데, 먹고 나서 맛이 없거나 정말 소개하기 싫은 곳은 사진을 조용히 삭제한다. 근데 저런 소리를 하면 그곳에서 일하는 사람들은 나를 의식할 것이고 기대를 할 수도 있을 테니까 친구들에게 그런 소리를 하지 말라고 한다.

지금은 친한 친구들은 나의 그런 마음을 알고 더는 그런 이야기를 꺼내지 않는다. 나는 공짜 서비스와 대접을 받으려고 블로그를 하는 사람이 아니다.

혹시 누군가가 자신의 공간에 와서 카메라를 들이댄다면 그냥 있는 그대로를 보여줘라. "나 블로거예요"라고 티를 내더라도 그냥 있는 그대로를 보여주면 좋겠다. 우리에겐 버릇 같은 일상이니까 큰 피해가 없다면 너무 신경 쓰지 않았음 좋겠다.

내가 오늘 어떤 가게를 담아가고 내 공간에 글을 쓴다면 그것은 진심 어린 글일 것이다. 혹시나 다음에 또 방문하게 되면 공짜 음식이나 공짜 서비스가 아닌, 글 잘 봤다고 자주 놀러오라고 정감 있는 인사를 해주면 참 감동적일 것이다.

멍젤라가
블로그를 하는
_____ 이유

이름보다는 닉네임이 더 편한 동생
이 있다. 블로그를 통해 실제로 알고 지내는 사람들 중에
참 나랑 닮은 게 많은 동생, '복꼬단미!'

사실 실명도 헷갈려서 가끔은 뭐더라, 할 정도로 단미
가 입에 붙어버린 지 오래다. 연애 이야기부터 먹는 음식,
취향, 성격까지 너무 비슷한 단미는 성까지 나와 같은 '박'
씨라는 사실 때문에 마치 친동생처럼 느껴진다. 그렇게 잘
통하는 우리 모습이 어떨 때는 정말 신기할 정도이다.

처음에는 블로그에서 댓글이나 주고받던 그런 동생
이었지만, 어느 날 웨딩플래너 일을 하고 있던 단미의 도
움이 필요한 일이 생겨서 실제로 보게 되었다.

그렇게 첫 만남 이후로, 내가 힘들거나 기쁠 때면 항

상 카톡이 오고, 얼굴 보러 버스 타고 부산과 창원을 왔다 갔다하는 그런 아이다. 너무 이쁘고 성격 좋은 단미에게 좋은 친구들도 소개해주고 일상을 함께 공유하는 그런 사이가 되었다.

단미뿐만 아니라 나에게는 괌 여행을 함께했던 '고미 의세미', 창원에 살면서 이런저런 이야기를 나누며 언제나 일상을 공유하고 함께하는 '류블리'와 '앙꼬'라는 동생들도 있다.

블로그를 통해서 알게 된 사이, 사실 블로그 인맥들을 보면 사람 그 자체보다 그 사람이 운영하는 블로그의 방문자 수를 보고 평가하는 경우가 적잖이 있다. 나도 그런 경험을 당해봤다. 하지만 단미는 그런 블로거들과는 달랐던

홍 ㅏ∼이 !!!!

사람이다. 잘되든 못되든 블로그를 떠나서 언니와 동생으로 마음을 공유하며 우정을 쌓아나가고 있다.

블로그를 통해 참 좋은 언니들도 생겼다. 언제나 내편인 소중한 언니들이다. 한 명은 나와 실제로 자주 만나게 된, 이젠 실존하는 언니가 된 '윤댕언니', 그리고 한 명은 아직 얼굴을 직접 본 적은 없지만 정말 오래 알고 지낸 사이 같이 잘 통하는 '윤후엄마'이다.

윤댕언니는 내 블로그의 팬이었다. 거의 매일 와서 내 글에 댓글을 달아주고 좋아해줬다. 내 글이 너무 좋다고 너무 즐겁다고 또 올려달라고 매일 와서 힘을 실어주던 사람이었다. 알고 보니 참 가까운 김해에 살고 있었다. 어느 날 마음을 먹고 김해의 한 카페에서 언니를 만났다.

"언니! 반가워요."

"어… 어.! 가연이! 반가워."

언니는 나의 첫인상에 적잖이 당황했다고 한다. 사진으로만 보던 나는 작고 귀여운 여자 아이라고 상상했다고 한다. 그런데 실제로 보니 자기보다 키도 훨씬 크고 목소리도 시원시원하여 너무 놀랐다고 한다. 웬 걸걸한 남자 목소리가 인사를 건네기에 너무 놀랐다나… 그렇게 빵빵 터지는 이야기들을 하며 우리는 친해졌다. 처음에는 블로그 이야기만 하다가 지금은 살아가는 일상 이야기들로 수다를 떨다보면 시간 가는 줄 모른다. 거의 한 달에 한 번씩은 언니를 정기적으로 보곤 한다. 언제나 내가 이야기를 하면 너무나도 즐거워해 주는 언니. 순수하게 내 이야기를 경청해주고 언제나 내 편이 되어서 배를 잡아가며 웃어주는 언니. 참 이렇게도 인연이 닿는구나 싶을 정도로 소중한 존재 중의 하나가 바로 윤댕언니이다.

윤후엄마라는 닉네임을 가진 언니는 아직 얼굴도 본 적이 없지만 별의별 이야기를 다 하는 사이이다. 내가 인생에서 가장 큰 아픔을 겪었을 때 언니는 따뜻하게 조언을 해주었다. 블로그에서 소통하다가 우리는 어느 날부터인가 카톡으로 대화를 하게 되었다. 언니와 나는 성격이 닮은 곳이 많았다. 언니는 결혼 전 자신의 성격과 내가 똑같다며, 나한테서 자신의 모습을 발견했다고 한다. 그래서인지 내가 연애 문제든 뭐든 간에 고민을 털어놓으면 너무나도 명쾌한 해결책을 제시해준다. 꼭 한번 보고 싶은 언니이다. 나와 너무나도 많이 닮은, 나와 정반대의 도시에 살고 있는 서울 여자. 만약 가까운 곳에 우리가 살았더라면 언니네 집에 매일같이 놀러가서 널브러져 있다가 왔을 법한, 그런 사람이다.

이 두 언니를 가만히 보고 있노라면, 나는 참 인복이 많은 사람이라는 생각이 든다.

블로그라는 같은 취미를 통해서 함께 소통할 수 있는 이야기가 생기게 되고, 마음을 나누다 보면 삶에 활력이 생기게 된다. 취미나 처지가 같은 사람끼리는 친해지기가 참 쉽다. 육아를 하는 엄마들에게 블로그를 적극 추천하는 이유도 그것 때문이다. 같은 처지의 사람들이 서로 위로를 받고 용기를 얻고, 정보를 공유할 수 있는 곳이 바로 블로그이다.

나도 나와 비슷한 고민거리를 안고 있는 30대 여자들의 이야기를 블로그에서 주고받으면서 힘을 얻고 있다. 얼굴도 모르는 사람끼리 친해질 수 있을까, 그 마음이 오래갈까 하는 불안함도 있을 것이다. 하지만 나에게 윤댕언니,

윤후엄마 같은 사람들이 생겼듯이 블로그를 하는 여러분에게도 분명 좋은 인연이 생길 것이다. 앞에서 말한 적 있는 '비정상회담'의 동생들도, 그리고 창원에 사는 '심나나'와 '쏭혜' 같은 블로거 동생들도 나에게는 너무나도 소중한 실제의 존재가 되었다.

그렇지만 사람의 마음이 다 똑같을 수는 없어서 배신을 당하기도 한다. 정말 친하다고 생각한 동생들이 어느 순간 나를 무시하고 아는 척도 하지 않는 경우도 있었다. 뒤에서는 나쁜 말을 옮기고 앞에서는 착한 척 친한 척 하는 블로거들도 많았다. 그리고 여러 업체 사장님들이나 블로거들에게 나를 씹고 다니는 사람도 있었다.

모든 사람들에게 만족을 줄 순 없다. 나도 모든 사람들이 사랑스럽고 좋지만은 않다. 그냥 이런 사람도 있고 저런 사람도 있겠거니 생각하면 마음이 편안해진다. 불편한 사람은 다시 안 보면 되고, 그냥 그런 사이로 지내다가 끊어버리면 그만이다. 하지만 이런 사람은 극소수이고 대부분의 블로그 이웃은 좋은 사람들이다.

내가 블로그를 하는 이유 중의 하나를 꼽으라면 나는 사람 때문이라고 말한다. 블로그는 정말 많은 사람들을 알게 해주고, 좋은 인연들을 연결해주는 곳이라서 나는 오늘도 하루에 하나씩 글을 쓰고 있다.

사람의 인연은 어디서 어떻게 연결될지 아무도 모른다. 진실함과 정성이 닿아 소통이 되고 인연이 된다.

나는 블로그를 통해 앞으로도 꾸준히 많은 사람들을 만나고 싶다. 웹상의 친구로 그치는 것이 아니라 실제로도 꾸준히 연락하고 지낼 수 있는 편안하고 좋은 사람들이 앞으로도 많이 생길 것을 믿어 의심치 않는다. 그리고 나 역시도 누군가에게 그런 좋은 사람이 되고 싶다.

"카톡!"

이 글을 쓰고 있는 중에도 나의 블로그 동갑내기 뷰티 블로거 '제이챙'한테서 연락이 왔다.

"우리 젤라, 요즘 행복해보여서 내가 더 기분이 좋다. 눈물 날 것 같아, 지지배야."

얼굴 한번 본 적 없지만, 이 친구는 나의 모든 대소사를 알고 있다. 나의 일에 같이 기뻐해 주고 슬퍼해 준다. 연락이 올 때마다 필요한 화장품을 말하라고 난리인 이 친구, 예쁘게 생겨가지곤 나의 아픈 이야기를 들으며 같이 울고 푼수같이 "우리 젤라, 우리 젤라" 해주는 사랑스러운 사람. 보고 싶다. 정말 보고 싶다!

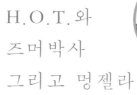

H.O.T.와
즈머박사
_____ 그리고 멍젤라

중학교 시절 나는 H.O.T.의 열렬한 팬이었다. 한창 인터넷이 보급되던 시절, 한 시간에 2천 원 하는 PC방에 플로피디스켓을 사들고 가서 나는 그들의 사진을 저장하기에 바빴다. 그러다가 집에 컴퓨터가 놓였고 인터넷이 집에서도 가능하게 되었다. 혁명이었다.

그 혁명에 발맞추어 나는 친구들과 함께 H.O.T. 인터넷 팬클럽을 운영하게 되었다. 당시 나는 '즈머박사'라는 닉네임으로 활동을 했다. 우리가 운영한 팬클럽은 회원 10만 명을 자랑하는 어마어마한 규모로, 그 클럽이 운영되던 사이트에서 항상 1위를 하던 엄청난 곳이었다. 인터넷을 할 줄 아는 팬들이라면 우리 사이트를 모르는 사람이 없을 정도로 널리 알려진 팬클럽이었다. 그렇게 즈머박사는 그 시대 최고의 가수였던 H.O.T. 팬들 사이에서 이슈가 되었고, 팬들의 팬클럽이 생길 정도로 인기는 어마어마했다. 그렇게 나의 학창 시절은 신기한 세상에서 살고 있었다.

시간이 흐른 후, 당대 H.O.T. 최고의 라이벌 가수 젝스키스가 TV 속에서 다시 재결합하는 것을 봤고, 나는 그 시절이 너무나 그리워 다시 H.O.T.의 30대 팬이 되었다. 그냥 추억에 젖어 멍젤라 블로그 속에 끄적거리며 써 내려간 그때의 이야기. 나와 같이 감회에 젖은 사람들이 많았는가 보았다. 추억 속에 잊혀진 우리의 팬클럽 '에이치티-Achiti'라는 곳, 그곳을 검색해서 멍젤라 블로그에 찾아온 사람들이 꽤 많이 있었다. 그때 잃어버린 친구들도 연락이 다시 닿았고, 당시 시삽이던 내가 꾸렸던 운영진과도 다시 연락이 닿았다.

희한하게도 학창 시절에는 즈머박사로, 지금은 멍젤라라는 나만의 닉네임으로 나는 브랜드가 되어 사람들 곁에 있었다. 그 댓글 속에서 다시금 추억이 떠오르곤 한다.

"즈머박사님이 이제 30대라니… 그때 당시 중학생이라길래 엄청 놀랐어요. 어마어마한 클럽의 장이라는 사람이라 대학생일줄 알았는데, 나보다 어린 16살이라길래 문화적 충격이었죠. 당시에는 그냥 일반 회원으로서 대화 한

허가제 클럽
(GOLD)

개설일:1999-10-31 오후 12:20:23 출회원수:80129명 유효회원수:59명 가입회원:0

에이치티 (Achiti)— H.O.T.club
(http://club.enppy.com/@hot)

◎ 기부금 ◎ 클럽개좌/아이템 ◎ 개인정보설정 ◎ 클럽 탈퇴

엔티카클럽 [에이치티 (Achiti)— H.O.T. club]
개설일 : 1999-10-31 오후 12:20:23
출회원수 : 80129명
운영자 : 즈머박사★님

번 나누기 어려운 사람이라 느껴졌는데, 이렇게 블로그 속에서 생활들을 보고 있노라니 참 그때의 추억 속의 즈머박사님과 지금의 멍젤라님의 모습이 반갑고 그렇네요. 그리워요. 그때 클럽 활동을 하면서 팬들끼리 뭉칠 수 있게 해줘서 너무 고마워요."

242

눈물이 핑 돌 만큼 뭉클했다. 아직도 여전히 이렇게 똑같은 추억을 안고 살아가는 사람들이 많구나. 그들의 학창 시절과 추억의 공간을 내가 운영했다는 것만으로도 너무나 감사한 일이었다. 그리고 그들이 기억을 해주고 있음에 더 감사했다. 드라마 〈응답하라 1997〉을 보면서 다 같은 마음으로 우리는 그 시절을 떠올렸을 것이다. 사는 게 바빠서, 지방에 산다는 이유로, 혹은 여러 가지 이유 때문에 팬클럽 활동을 중단하고, 멀리서 바라보면서 응원하는 그런 팬으로 살았던 사람들. 지금 멍젤라의 공간에서 다시 만나게 된, 함께 늙어가고 있는 우리 팬들을 보면서 나란 여자, 참 멋지게 살았다는 생각을 했다.

어릴 때는 즈머박사로 사람들을 웃기고 울렸다. 지금은 멍젤라로 사람들에게 좋은 정보를 제공하고, 즐거움을 주고 있다. 멍젤라라는 이름은 이제는 하나의 브랜드가 되었다. 나의 공간에 와서 자신의 고민을 던져놓고 가는 이웃들을 볼 때면 내가 그들의 이야기를 들어주고 보듬어줘야 할 것 같다는 생각이 든다.

이제는 브랜드의 시대이다. 브랜드의 사전적 의미는 '상품이나 단체의 이름을 쉽게 알아보고 널리 알리기 위해 나타낸 상징표로 글자, 숫자, 도안 등으로 표시하는 것'을 말한다.

사람도 브랜드가 될 수 있다. 일상에서 옷이나 상품, 음식 브랜드를 찾는 것과 마찬가지로, 사람들은 하루에 한 번 멍젤라를 찾아온다. 브랜드를 만나기 위해 백화점을 찾는 게 아니라 노트북과 스마트폰으로 내 공간을 클릭하는 것이다. 정보를 알고 싶어서도 있겠지만 습관처럼 내 일상이 궁금해서 오는 사람들도 있다. 마치 매일 마시는 브랜드 커피처럼 말이다.

멍젤라는 멍젤라가 새겨진 옷도, 상품도, 음식도 없지만 많은 사람들이 찾는 무형의 브랜드이다. 그렇기에 멍젤라는 조심스러운 부분이 많다. 글을 쓰고, 제목을 붙이고, 사진을 올리는 것도 신경을 쓰면서 하고 있다. 사람이 브랜드가 되면, 그 사람의 말이나 행동으로 이미지가 평가된다. 멍젤라는 지금 엉뚱, 발랄, 하는 일 많은 자유로운 여자, 롯데자이언츠 팬, 즐거운 사람으로 브랜드화되어 있다. 아직은 지역에서만 알아주는 명품 브랜드지만 머지않아 세계적인 브랜드가 되겠지. 그날을 위해 오늘도 열심히 노력하고 있는 중이다.

지역에서 이렇게 멍젤라가 브랜드가 되면서, 재밌는 일들이 생겼다. 학창 시절 사이가 별로였던, 나와 이름이 비슷한 친구가 있었다. 아무 이유 없이 미움을 받았던 나는 고등학교가 끝나갈 무렵 그 친구와 대판 싸웠다. 아직

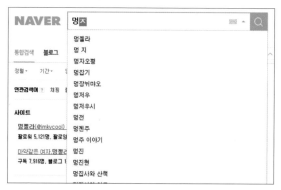

네이버에서 '멍ㅈ'을 치면 바로 '멍젤라'가 나온다.

까지도 생생하게 머릿속에 남아 있을 정도로 크게 싸웠다.

그런데 어느 날 그 친구가 내 블로그에 장문의 편지 글로 안부를 남기고 갔다. 지금 와서 이렇게 사과하는 것도 웃기고, 이런 글을 남기는 것 자체가 좀 이상할까 봐 안 남기려다가 이 지역에 살다 보니 검색할 때마다 내 블로그가 뜨더란다. 그러다 보니 나의 생활을 조금씩 보게 되고 잘 지내는 것도 같고 멋지게 살고 있는 게 좋아서 연락을 한번 해보고 싶었다고 한다. 그때 당시는 왜 그랬는지 잘 모르겠다고, 앞으로도 멋지게 잘살면 좋겠다고, 연락 한번 해달라고 자신의 번호를 남기고 갔다.

시간이 참 많이 흐른 것은 확실했다. 학창 시절의 안 좋았던 기억이나 사람들, 그 모든 게 이제는 추억으로 변

해 있었다. 30대인 멍젤라는 동창생이 연락을 해준 것이
그저 반갑고 고마웠다. 그 친구와는 지금도 종종 연락을
하며 지낸다. 그와 똑 닮은 딸의 사진도 SNS를 통해서 열
심히 보고 있다.

그뿐 아니라 진짜 찾고 싶었던 친한 동생과도 연락이
닿았다. 인천 생활 때 친했던 여동생이었는데, 어느 날 갑
자기 잠수를 타고 연락이 되지 않았다. 거의 매일 보다시
피 한 친구가 사라지니 배신감도 컸다. 그 친구가 문득문
득 생각나고 그리웠다. 한아름이라는 아이! 이 아이는 내
가 맨날 못생겼다고 놀리고 키 작고 뚱뚱하다고 장난을 쳐
도 잘 받아쳐주던 나와 죽이 잘 맞는 친동생 같은 아이였
다. 내 인천 생활에 있어서 활력소였던 친구, 그 친구가 다
시 나를 찾아줬다. 그때의 기분은 진짜 이루 말할 수 없었
다. 그녀의 안부글을 지금 보면 피식하고 웃음이 나온다.

"가연 언니 잘 지냈어? 엄청 오랜만이야. 아 일단…
보험가입 권유 아님, 옥장판, 정수기 판매 아님, 결혼식 초
대도 아님, 뭐 바라는 거 있어서도 아님을 먼저 밝히고…
한번 연락이 끊기고 나니까 다시 연락하기도 애매했고 그
러다 시간 지나니 그땐 진짜 연락처도 모르게 되고 그냥
진심으로 생각나고 보고 싶었는데, 어쩌다 보고 알게 되어

서 반갑기도 하고, 그동안 잘 지냈나 궁금하기도 하고, 뭐 하고 싶은 말은 많지만 사실 나는 반갑고 좋아도 언니는 반기지 않을 수도 있을 것 같아서 고민하다가 나름 용기내서 글 남겨봤어. 혹시… 시간 되면 연락 줘.”

눈물이 핑 돌았다. 너무 반가운데 화도 나고 여러 가지 마음이 뒤섞였다. 내가 블로그를 하지 않았다면 이 친구를 다시 만날 수 있었을까? 저 글을 보자마자 전화를 걸어서 욕을 랩 수준으로 뱉어냈다. 여전한 아름이의 웃음에, 여전한 아름이의 밝음에 안도를 했다.

블로그는 참 고마운 곳이다. 그런데 내가 그만큼 멍젤라를 브랜드화시켜 놓았기에 이렇게 사람들이 알아보고 찾아오게 된 것이다. 참 잘한 것 같다.

자신을 브랜드화시키는 것은 매우 어려운 일이다. 하지만 자신의 모습을 솔직하게 보여주는 글을 꾸준히 쓰다 보면 어느 순간 자신만의 브랜드가 만들어져 있을 것이다.

지역구 넘어서 전국구로 나갈 준비 중이니까 싸인 받으려면 지금 받으세요. 나중에 명품 브랜드처럼 만나기 어려워질 수 있습니다. 하하하!

우주정복을 꿈꾼다! 마약 같은 여자, 멍젤라였습니다.

마약 같은
여자,
_____ 멍젤라

멍젤라 멍젤라
일단 빠지면 헤어나오질 못해
날 중독시키는 마약 같은 그대

안녕 오늘 하루는 어땠나
또 어떤 재미난 일 있었나
당신을 알고부턴
잠시라도 안 보이면 궁금해져

그댈 빛나게 할 오늘은 어떤 메이크업?
뭐든지 명품이지 당신이 입은 옷
날씨가 좋아 where you at girl?

나도 함께 하고파 어디든지 call me up

문을 열어 시동 걸어 신나는 음악 turn up!
창문을 살짝 내려 시원한 바람에 기분 쩔어!

여행에는 빠질 수 없는 맛집 탐방
네 위를 홀려놓을 끊임없는 먹방
들어오는 건 사람들 마음이지만
나가지 못하는 거에 책임은 묻지 마

멍젤라 멍젤라
일단 빠지면 헤어나오질 못해
날 중독 시키는 마약 같은 그대

멍젤라 멍젤라 마약 같은 여자 멍젤라
멍젤라의 매력포텐

　　아니 이 무슨 오글거리는 소리인가! 이 글은 나를 위한
노래이다. 내 블로그를 위해서 랩퍼 Lunatic 비버가 지어줬
다. 뮤지컬을 할 때부터 지금까지 나의 소울메이트인 그 친
구가 선물해준 것으로 〈멍젤라의 매력포텐〉이란 곡이다.

곡을 처음 선물 받았을 때 진짜 너무 감동적이었고, 노래가 좋아서 계속 흥얼거리고 다녔다. 블로그에 내 주제 곡이 생긴 것이다. '비버댐 뮤직'이라는 곳은 내가 좋아하는 래퍼들이 있는 곳인데, 그곳의 대표가 비버이다. 내가 지어준 그 친구의 별명이 회사 이름이 되었다. 덕분에 나는 이렇게 좋은 블로그 주제가를 선물 받았다. 멍젤라의 블로그 공지에는 이 노래가 항상 올라가 있다. 바로 들어가서 들을 수 있다는 사실!

비버와의 인연으로 래퍼들의 앨범 재킷 디자인을 해준 적이 있었다. 지금은 너무나도 유명해진 '타코앤제이형'의 앨범 표지 디자인을 해줬고, 발매가 되었다.

어느 날 문득 타코앤제이형의 노래를 듣다가 내가 작업해준 그 앨범 재킷이 생각나서 그것을 블로그에 올리며 자랑을 하게 되었다. 그 글을 보고 내 블로그를 통해 연락이 온 뮤지션들이 있었다. 뮤지션들이 자신의 꿈을 위해 열심히 하는 모습들을 보면 대가 없이 뭐든지 해주고 싶었다. 재킷 디자인을 해준 그 앨범이 발매되고 멜론이나 여러 플레이어에서 음악이 나오는 것을 들으면 나도 모르게 씩~ 미소가 지어진다. 정말 대한민국의 모든 뮤지션들이 잘되면 좋겠다. 특히 내가 재킷 디자인을 해준 래퍼들과 가수들 모두가.

책을 마무리하려고 하는데, 이 이야기를 추가해야겠다고 다짐하게 만든 일이 있었다. 항상 가는 미용실, 이미 단골이 되었고 홍보대사가 되어버린 '보테가헤어'에 들러서 염색을 하던 날이었다. 염색약을 실컷 머리에 발라놓고 세상에서 젤 못생겨져 있는 그때, 옆에 손님이 오셔서는 나를 힐끔힐끔 쳐다보았다. 샴푸실로 가야 하는 타이밍이라서 샴푸를 하는데 원장님과 손님의 대화 소리가 들렸다.

"저분 블로거 아니세요?"

"네 맞아요. 저희 손님이세요!"

"어! 저 저분 글 보고 여기 온 거예요!"

이 대화를 듣고 있자니 너무나도 쑥스러워서 마구 웃어버렸다. 원장님도 너무 좋아하셨다.

"젤라 씨, 젤라 씨 블로그 보고 단골 되신 분이에요! 거의 1년 되셨어요."

세상에! 나를 실물로 알아봐 주시는 분이 이렇게 있다니. 그것도 세상에서 젤 못생겨져 있는 이때 만나다니 쑥스러워서 구멍에라도 숨고 싶었다. 뭐 그래도 의식을 안 하는 척하며 특유의 목소리로 털털하게 웃으면서 실물 알아봐 주셔서 감사하다고 마구 웃어넘겼다.

신기한 듯 내 얼굴을 똑바로 쳐다보는 손님. 그러시고는 항상 셀카를 정면에서 찍으니까 옆모습을 보고 긴가민

가했다고 하였다. 내 글을 너무나도 잘 읽고 있다고, 회사 생활에 지쳐 있고 일상에 찌들려 있을 때 여행 다니고 힐링하는 이야기들을 보면서 너무나도 대리 만족을 느낀다고 했다. 그러면서 글 속의 나랑 실제의 내 성격이 너무나도 닮아서 놀랐다고 했다.

사실 나의 실물을 본 사람들은 많이들 놀란다. 사진으로만 보던 나는 작고 아담하고 귀여운 여자인 줄로 착각을 하는 사람들이 많이 있다. 실물로 만나면 키 170에 덩치도 웬만한 남자만큼 하기에 놀랄 수밖에 없다. 거기다가 입을 열면 걸걸한 내 목소리 때문에 흠칫 당황하는 사람들도 여럿 봤다. 그래서 블로거들이 많이 모이는 모임은 꺼리는 나였는데 이렇게 미용실에서 만나게 되니 참 신기하기도 하고 웃기기도 했다.

"알아봐 주셔서 진심으로 감사합니다. 하하하!"

이런 일들이 생길 때마다 정말 신기하기만 하다. 나로 인해서 단골손님이 생기다니, 원장님도 그분 앞에서 너무너무 내 칭찬을 해주시고 좋아해 주는 모습을 보니까 마음이 뿌듯했다. 막 어깨가 하늘까지 닿을 지경… 거만한 자세로 원장님께 맛있는 것 사달라고 거들먹거리며 장난을 치고는 미용실을 나섰다. "머리 예쁘게 하고 가세요~"라는 나의 인사에 그 손님이 이렇게 말했다.

"글, 앞으로도 재밌게 많이 써주세요!"

감동적이었다. 내가 왜 멍젤라로 지금 살아가고 있는지 알 수 있게 해주는 모습이다. 내 글을 재밌게 읽어주고 있는 사람들이 이렇게 있다는 것만으로도 너무 감사하게 살고 있다. 블로그를 하지 않는 사람들이 나를 즐겨찾기를 해두고 이렇게 들어와서 내 글을 보면서 즐거워하고 있다니, 그것만으로도 너무 감사한 삶을 살고 있다.

마약 같은 여자, 블로그 이웃인 우리 '강나비'가 지어준 참 고마운 나의 별명이다. 그렇게 계속 불려지다 보니 진짜 그렇게 되는 것만 같다. 모든 사람들이 슬금슬금 나에게 빠져들고 있다. 하하하! 세계 평정을 하는 날이 얼마 남지 않았다. 하지만 외국어가 안 되어서 아직 세계 평정을 하기엔 내 글의 매력이 전달되지 않는다는 게 조금 슬프다. 신은 완벽하지 않으니까 나는 한국어라도 잘하는 걸로 만족해야지. 푸하하! (미쳤나 봅니다, 제가.)

하루에 5천 명씩 만나는 여자, 마약 같은 여자 멍젤라, 이 정도면 하루에 5천 명씩 홀리고 있는 이유가 느껴지나요?

앞으로 대한민국 모든 사람들을 중독시키기 위해 멍젤라는 오늘도 열심히 글을 쓰고 블로그를 합니다.

"취미 생활이 뭐예요?"

"제 취미는 블로그인데요."

"브… 블로그요?"

내 취미는 블로그이다. 블로그를 한다고 하면 아직도 먹기 전에 STOP을 외치고 사진을 마구 찍어대는 사람, 공짜 협찬을 밝히는 사람 정도로 생각하는 사람들이 있다.

"걱정 마세요. 블로거지 아니니까… 저는 생활에 엄청난 도움이 되는 취미 생활을 하는 것뿐이에요. 밥 먹을 때 편히 드세요. 알아서 찍습니다. 하하하!"

"하루에 몇만 명씩 들어오는 그런 파워블로거예요?"

"파워블로거 기준이 뭔데요?"

"사람 많이 들어오고 비싼 협찬받는 사람요."

"푸하하! 그럼 저는 파워 말고 이슈블로거 정도네요."

방문자 수는 숫자놀음일 뿐이다. 내 기준의 파워블로

거는 꾸준한 소통과 정성 어린 글을 쓰는 모든 사람이다. 비싼 협찬품 대신에 비싼 인간관계를 얻는다. 그래서 나는 파워블로거이고 앞으로도 그럴 것이다. 남들 눈에는 그저 이슈블로거 정도로 보이겠지만 나는 파워블로거가 확실하다. 하루에 한 번 글을 쓴다는 것은 어려운 일이지만 그것을 실천하고 있다. 꾸준함은 나의 무기이며 자랑이다.

아무것도 모르던 시절, 그저 친구 같았던 존재, 조금 알고 나서는 방문자 수와 협찬품에 집착해봤고, 쫄딱 망해서 폐쇄도 해보았다. 성공의 경험만이 아니라 쓰디쓴 실패를 맛보면서 지금의 마약 같은 여자, 멍젤라가 되었다.

8년간의 블로그 생활을 정리하면서 마음 한편이 뿌듯하다. 열심히 해온 나(천하무적가연, 박젤라, 멍젤라)에게 박수와 축하를 보낸다.

책은 여기서 마무리하지만 멍젤라의 블로그는 계속해서 이어질 것이다. 책으로 표현할 수 없는 더 진실한 이야기들이 담길 것이고, 더 많은 재잘거림과 웃음과 소통이 있을 것이다.

이 책이 세상에 나올 때쯤, 나는 블로그에서 만난 평생의 내 편 '률군'이라는 닉네임을 가진 황률이라는 남자와 한집에서 살고 있을 것이다. 우리 커플은 블로그를 통해 맺어진 부부로, 네이버 메인에 소개될 만큼 화제가 되었다. 이젠 나에겐 없어서는 안 될 공간, 바로 그곳이다.